KB062412

로크미디어가
유혹하는
재미있는 세상

AMERICAN DREAM

아메리칸 드림

아메리칸드림 5

2015년 7월 17일 초판 1쇄 인쇄
2015년 7월 22일 초판 1쇄 발행

지은이 금선
발행인 이종주

기획 팀 이주현 이기헌
책임 편집 이정규

발행처 (주)로크미디어
출판등록 2003년 3월 24일
주소 서울시 용산구 원효로97길 46 5층
Tel (02)3273-5135 Fax (02)3273-5134
홈페이지 rokmedia.com **E-mail** rokmedia@empas.com

ⓒ 금선, 2015

값 8,000원

ISBN 979-11-255-8805-4 (5권)
ISBN 979-11-255-8800-9 04810 (세트)

이 책의 모든 내용에 대한 편집권은 저자와의 계약에 의해
(주)로크미디어에 있으므로 무단 복제, 수정, 배포 행위를 금합니다.

작가와의 협의에 의해 인지는 생략합니다.
잘못된 책은 구입처에서 바꾸어 드립니다.

AMERICAN DREAM

아메리칸 드림

| 금선 장편소설 |

CONTENTS

연해주

　프랭클린은 본인의 계획대로 열강들을 움직여 일본이 연해주를 할양받지 못하게 하기 위해서 각국 주재관들을 만나기 시작했다.

　―아시아에서 일본의 영향력에 어느 정도 제재를 가할 필요가 있습니다.
　―전쟁이 끝난 후 다시 중국의 이권을 되찾기 위해서 미리 일본을 압박할 필요가 있습니다.

　아직 전쟁의 승패가 판가름 나지 않았기에 대치 중인 양측 주재관을 모두 만나 일본이 연해주를 할양받지 못하도록 노력했다.

이러한 설득에 가장 빠르게 답한 것은 독일이었는데, 중국에 있는 독일의 모든 이권을 일본이 빼앗아 독차지했기 때문이었다. 사실 동맹국은 만날 필요가 없지만, 프랭클린이 노리는 효과는 세계 전체가 이번 일에 집중하는 것이었다.

가뜩이나 일본의 행태가 마뜩잖았던 열강들은 설득에 동조하기 시작했고, 러시아로 외교 라인을 열어 일본의 할양을 반대하는 분위기를 만들어 갔다.

조용하게 협상을 진행하며 어디에 할양하여 많은 이득을 챙길지 저울질하던 러시아는 화들짝 놀랐다.

"아국 영토에 대해서 왈가왈부하는 것은 내정간섭입니다."

이렇게 말하며 공식적으로는 간섭하지 말 것을 주문했지만, 내부적으로는 동맹국들의 눈을 의식해 미국과 협상을 진행해야 한다는 말이 대세가 되어 가기 시작했다.

니콜라이 2세는 원하는 방향으로 일이 진행되지 않자 심기가 불편했다.

"연해주를 절대 헐값에 넘기지 않겠소."

그는 자신의 뜻을 단호하게 천명했다.

미국은 원하는 방향으로 상황을 이끌어냈지만 러시아는 1억 달러가 아니면 절대 연해주 할양은 없다고 못 박았다.

"1억⋯⋯."

대찬은 이 일을 처음 계획할 때만 해도 3천만 달러면 할양받을 수 있다고 생각했던 연해주였는데, 러시아가 강짜를 부림으로써 가격이 대폭 상승했다는 소식을 듣고 고개를 끄덕였다.

　"1억까지는 쓸 생각이었는데 넘지 않았네. 그런데 이게 다행인지 모르겠네."

　러시아가 요구한 금액은 최신형 비행기 1만 대를 살 수 있는 금액이었고, 포드 자동차는 한 대에 4백 달러로 25만 대, 시중에 팔고 있는 커피는 30만 톤, 설탕은 32만 톤을 살 수 있는 엄청난 금액이었다.

　"그래도 아까운 건 어쩔 수가 없네."

　힘들게 고생해서 열심히 모은 돈이 한 번에 지출된다고 생각하자 맥 빠지는 느낌이었다.

　'그나저나 쨉Jap들은 왜 연해주를 할양받겠다고 나선 거지? 나 때문인가?'

　기존 역사에서는 러시아가 사할린을 할양해 주었지 연해주까지 할양하는 일은 없었다. 하지만 대찬으로 인해서 사할린뿐만 아니라 연해주까지 할양하려 하자 일본이 끼어들어 복잡한 상황으로 만들었다.

　'변하고 있다.'

　대찬이 자세한 역사를 알고 있는 것은 아니었지만, 대략적으로 큰 줄기는 알고 있었다.

'예측할 수 없는 범위에서 변하는 게 생긴다면, 대처하기 어려운데……'

지금까지는 기존과 변함없이 역사가 진행되었기에 긴장감이 생기지 않았는데, 조금씩 바뀌는 것을 경험하고 긴장감이 생겼다.

'빠른 시일 내에 다가오는 가장 큰 이벤트는 아무래도 러시아겠지?'

적백내전이 다가오고 있었다.

'그럼 돈을 다 줄 필요 없잖아? 만약 주게 된다면 다른 방향으로 써먹어야지.'

대찬의 머리가 비상하게 돌기 시작했다.

'좋아, 일단 할양부터 받자고!'

데라우치는 내각을 구성하고 주변 정리를 하다 보니 외부 정보에 대해서 무딘 감이 있었다. 그러던 어느 날 연해주 소식을 듣게 되었다.

기존 오쿠마 시게노부의 내각에서는 연해주를 통해서 한인들의 자금을 말라 버리게 하는 작전 계획을 수립했었으나 이를 알게 된 데라우치는 생각을 바꿨다.

"턱밑에 반란군을 두느니 차라리 연해주를 할양받아 토벌

하는 게 낫다. 그럼 일본 제국에는 일석이조의 효과가 있다."

영토를 늘릴 수 있고 반란군으로 규정된 조선인들을 토벌할 수 있으니 이보다 더 좋은 기회가 없었다.

이런 생각을 하는 데라우치에게 가장 큰 걸림돌은 러시아와의 협상이었다.

"결국 이렇게 되었군."

짜증 어린 음색에 보좌관은 잔뜩 긴장했다.

"이제는 아국이 서양 놈들과 비슷한 위치에 있다고 생각했는데, 그것이 착각이었어."

일본은 해양 대국으로 발돋움해 있었고, 경제는 호황으로 이보다 더 좋을 수가 없었다.

"아직도 외교력에서는 멀었어."

자조적인 말과는 다르게 눈에는 불꽃이 튀었다.

♦

러시아와 최종 협상을 하기 전에 대찬은 정부와 대화를 원했다.

"부탁할 것이 있습니다."

"경청하겠습니다."

"1억 달러를 지불하겠습니다. 다만……."

"다만?"

"분납할 수 있으면 좋겠습니다."

"분납이라면, 나누어서 지불하겠다는 말씀입니까?"

"그렇습니다."

"어떻게 지불하실 생각입니까?"

"2천만 달러씩 다섯 번, 분기별로 지불하려 하는데 어떻게 생각하세요?"

"전달은 하겠지만 이렇다 저렇다 확답을 드리기는 곤란합니다."

"부탁드려요."

"아, 그리고 대금 지불 대상은 러시아 황가로 지정해 주세요."

"그것은 가능할 것 같습니다."

대찬이 노리는 것은 적백내전의 시작이었다.

처음엔 대통령 선거로 한 해의 절반이 지나갔고, 이어 협상이 난항을 겪은 탓에 어느덧 연말이 다가오고 있었다.

'2월까지만 버티면 된다.'

러시아에 2월 혁명이 일어나고 얼마 뒤에 러시아 황가는 전부 다 처형당한다.

"그럼 협상 잘 진행해 주세요."

"걱정하지 않으셔도 될 것 같습니다."

지금까지 수많은 걱정을 만들어 낸 주체가 미국이었기에 대찬은 내심 황당한 마음이었지만, 미소를 지으며 고개를 끄덕였다.

정부 인사가 떠나고 홀로 남은 대찬은 식어 버린 찻잔을 들고 시원하게 들이마셨다.

　'처음 계약할 때 2천만. 그리고 다음 분기만 지불하면 더 이상 지불할 대상이 없을 것이니까 걱정할 필요 없겠지?'

　러시아에는 미안하지만 사회주의국가로 변모하는 러시아, 소련에 도움이 되는 큰돈을 지불하고 싶지는 않았다.

　'의도대로 일이 진행됐으면 좋겠다. 그나저나 일본은 어떻게 골탕 먹이지?'

　일을 훼방 놓은 일본에 대해서 소심하게라도 어떠한 보복을 하고 싶다는 생각이 들었다.

　"방법이 없나?"

　하지만 일개 개인이 국가를 상대할 수는 없기에 생각만 하고 실행할 수는 없었다.

　"아쉽지만 방법이 없으니……."

　일본에 대한 생각은 접으니 연해주가 떠올랐고 어떻게 개발할지 머릿속에서 그려지기 시작했다.

　"철도가 필요하겠지?"

　앞으로 블라디보스토크가 중심이 되어 최전방이 될 것이다.

　"나홋카, 우수리스크에 기반 시설이 어느 정도 있으니까, 이렇게 세 곳을 중점적으로 연해주를 키우고 준비해야겠어."

　나홋카는 부동항이기에 상당한 도움이 되었지만, 일본이 둥그렇게 감싸고 있어 전략적으로는 좋지 않았다.

"그래도 당분간 여객선과 화물선은 드나들 수 있다."

러시아에게는 별 쓸모가 없는 연해주가 광복군에게 주는 이점은 한두 가지가 아니었다.

"다르게 말하자면 일본이 할양받아 갔으면 평생 땅을 치고 후회할 일이 생겼겠지."

위험한 상황이었다.

만약 일본이 연해주를 할양받았다면 사할린은 완벽하게 고립되고 연해주로 피해 있는 동포들은 전부 죽은 목숨이라고 해도 과언이 아니었다. 더군다나 자원이 많은 지역이었기에 후에 있을 2차 세계대전에서 어떠한 영향을 끼칠지 몰랐다.

"광복한 후에는 소련 때문에 연해주를 차지할 수 있을 확률이 지극히 낮아. 그런데 또다시 이런 생각을 하고 있네, 하하."

대찬은 몰입했던 생각을 털어 버리고는 퇴근할 생각을 했다. 벌써 어둠이 내리고 있었다.

캐나다 오타와.

미국은 동떨어진 아시아에 임시지만 영토를 만들고 싶지 않았고, 북사할린은 이미 캐나다의 영토였기 때문에 연해주에 캐나다의 이름표를 박아 두기로 양 정부가 합의하였다. 그리고 러시아와 함께 삼국 협상이 진행되었다.

아메리칸
드림

"최종 협정서입니다."

미국 인사는 며칠째 진전이 없는 협상에 지쳐 가고 있었다.

"그런데 꼭 대금 지불 대상을 아국의 황가로 고수해야겠습니까? 분납해서 지불하는 것을 허락했는데, 이건 양보해 주시는 것이 어떻겠습니까?"

"황가로 표기하든 러시아로 표기하든 큰 문제가 없지 않습니까?"

러시아는 전제정치專制政治 국가다. 지배자가 국가의 모든 권력을 장악하여 아무런 제한이나 구속 없이 마음대로 그 권력을 운용하는 정치 체제였기에 황제의 권력이 막강했다.

"그건 그렇습니다만……."

러시아 측은 무엇인가 못마땅한 듯 뜸을 들였다.

"그럼 다르게 제안하겠습니다. 황가를 넣지 않는 조건으로 할양 금액을 할인해 주시겠습니까?"

러시아 측이 솔깃했는지 반색하며 물었다.

"얼마나?"

"1천만 달러."

러시아 측은 말도 안 된다는 듯이 고개를 저었다.

"아닙니다. 서명하지요."

먼저 캐나다와 러시아는 한 부씩 나누어진 서류에 서명했다. 그러곤 제대로 되었는지 확인한 후 악수를 나누었다.

"저…… 대금은 언제?"

"아 1차 대금을 가지고 가셔야 되지요?"

"그렇습니다. 본국에서 목이 빠지게 기다리고 있을 겁니다."

"일주일 내로 도착할 것입니다."

러시아 대표를 보내고 난 다음 캐나다와 미국은 남아 따로 준비된 서류에 서명하고 바꾸었다.

"존을 보면서 느끼는 거지만, 개인이 국가를 뛰어넘는 경우가 있군요."

캐나다 대표로 나왔던 사울은 거래되는 금액을 보고는 깜짝 놀랐던 마음을 표현했다.

"미국 정부에서도 깜짝 놀라고는 하지요."

"그런데 뉴칼레도니아와 채텀제도까지 할양받으려 한다지요?"

가볍게 고개를 끄덕였다.

"현재 진행 중입니다."

"존은 뭘 하려고 그러는 겁니까?"

"남들과 다른 사람이니 무언가 생각이 있겠지요."

"그런데 이번 거래를 보고 쉽게 팔지 않으려 할 것 같습니다."

연해주가 1억 달러에 거래된 사실은 곧 소문이 날 것이다.

미국 인사는 가볍게 어깨를 으쓱였다.

&

"여보세요."

-토마스입니다.

"네."

-축하합니다.

"혹시?"

-생각하는 것이 맞을 겁니다. 워싱턴에 가 보셔야겠더군요.

"아! 감사합니다."

-천만해요. 저는 아무것도 하지 않고 연락만 해 드린 겁니다.

"하하하, 조만간 찾아뵙도록 하지요."

-알겠습니다. 다음에 뵙죠.

전화를 끊고 대찬은 소리를 질렀다.

"우와아아아아!"

덕원은 큰 소리에 깜짝 놀라 노크도 없이 대찬의 사무실로 뛰어 들어왔다.

"덕원 씨!"

대찬은 덕원을 껴안고 방방 뛰었다.

"간부 소집해요!"

"네!"

좋은 일임을 직감하고 덕원은 빠르게 움직였다.

얼마 지나지 않아 간부들이 속속 모이기 시작했다. 하나둘씩 사무실로 들어오기 시작했는데, 한인들은 입가에 미소가 떠나지 않았다.

다른 민족 간부들은 대수롭지 않게 생각하다가 마음대로

개발할 수 있는 지역이 생겼다는 것에 더 큰 의미를 가지고 함께 즐거워했다.

"연해주 역사에 이름을 넣고 싶은 분?"

"제가 가고 싶습니다."

에릭이었다.

"에릭은 할 일이……."

"그렇습니까? 아쉽네요."

"미안해요. 다음 기회에 보내 줄게요."

"알겠습니다."

좌중을 둘러보다가 눈에 들어오는 사람이 있었다.

"주영 씨."

"네, 사장님."

"때가 됐어요."

"감사합니다."

대찬은 주영과의 대화를 인상 깊게 기억하고 있었다. 고향과 가까운 거리에서 독립운동을 하고 싶어 하는 그의 마음이 떠올랐기에 먼저 보내기로 결심했다.

"여기 받아요."

철도를 시작으로 앞으로 발전 계획을 세워 놓은 서류를 건네주었다.

"준비해서 바로 출발하겠습니다."

"부탁해요."

아메리칸
드림

대찬은 근거리에서 자신을 지켜보고 배운 것이 많았기에
능력은 확실하다는 생각이 들어서 믿음직스러웠다.

  "그리고 에릭 씨와 철영 씨는 당장 출장 준비를 하세요.
오타와로 갑니다."

  "네!"

  "오타와에 가서 연해주를 받아 옵시다."

  다음 날 대찬을 필두로 대규모 인원이 오타와를 향했다.

  오타와에 도착하자 여독을 풀 겨를도 없이 일을 해야만 했
는데, 러시아 대표가 목이 빠지게 기다리고 있었던 탓이었다.

  "확인해 보세요."

  큰 가방을 건네주었다. 확인하기 위해 열어 보니 지폐가
잔뜩 들어 있었다. 러시아 대표는 부하에게 검수를 맡기고
입을 열었다.

  "존 씨는 특별한 사람이군요."

  "그렇지 않아요. 평범한 사람이랍니다."

  "내가 아는 기준으로는 평범한 사람으로 생각할 수 없군
요. 그래서 궁금한 것이 있습니다."

  "말씀하세요."

  "유럽에서 진행 중인 전쟁의 승리자가 어느 쪽이 될 것 같

습니까?"

"글쎄요."

"그럼 질문을 바꾸겠습니다. 러시아 채권만 구입하지 않은 이유가 뭡니까?"

답하기 곤란한 질문이었다.

'뭐라고 답해야 하지?'

아직 일어나지 않은 내전에 대해서 구구절절 설명할 수도 없었기에 답하기가 힘들었다.

"동맹국의 채권도 구입하지 않더군요."

"사실…… 제가 러시아 채권 구입을 꺼린 이유는……."

살짝 눈치를 보니 시선이 곱지 않았다.

걸고넘어질 것을 생각하다가 생각난 것이 러시아의 상황이었다.

'아, 말을 잘해야 하는데…….'

머리가 돌이 된 듯이 딱히 답할 말이 생각나지 않았다.

'그냥 싫었다고 하면 절대 안 되겠지?'

대찬은 길지 않은 시간 동안 별의별 생각이 다 들었다.

'가장 간단하게 가자.'

"사실 러시아에 대해서 잘 알지 못합니다. 제가 채권을 구입한 기준은 그 국가에 대해서 얼마나 잘 알고 있느냐입니다."

"러시아는 잘 모른다는 말입니까?"

"그렇습니다. 영국, 프랑스는 접할 기회가 많이 있었지만,

러시아는 접할 기회가 없었습니다. 현 황제이신 니콜라이 2세 폐하의 이름을 제외하고는 알지 못하니……."

대찬의 말은 상당히 모순적이었다. 모르는 사람이 사할린에 이어 연해주까지 할양받고 있었다. 러시아 대표는 살짝 눈이 가늘어졌다.

"하하, 그렇다면 지금부터 천천히 설명해 드리겠습니다. 그러니까……."

기회를 잡았다는 듯이 러시아의 역사에 대해서 처음부터 설명하기 시작했다.

이때 검수를 하던 사람이 말했다.

"확인되었습니다. 정확하게 맞습니다."

대찬은 지금을 놓치면 계속 붙잡혀서 러시아 역사를 공부하게 될 것이 확실하다고 판단했다.

"진행해야 될 일이 많아서 나머지 이야기는 다음에 들려주셨으면 합니다."

자리를 피하고 싶었기에 손을 내밀어 악수를 청했다. 러시아 대표는 마지못해 손을 잡고 아쉬운 기색을 보였다.

자리를 떠난 뒤 대찬은 안도의 한숨을 쉬었다.

'러시아 채권 피해가 없을 정도로 조금만 사 둘 걸 그랬어. 역시 정치하는 사람들 상대하는 것이 제일 피곤해.'

끝이 없는 명분 싸움.

단련된 말솜씨와 축적된 경험, 빠른 눈치로 어떻게든 자신의 생각을 관철시키는 능력이 있는 사람들이었다.

'에릭이랑 같이 올 걸 그랬어.'

외교부에서 일했던 에릭이라면 대찬을 보좌할 능력이 충분했다.

'앞으로는 절대 잊지 말자.'

다짐을 하며 다른 회의 장소로 이동했는데, 캐나다 정부에서 붙여 준 사람의 안내로 수월하게 갈 수 있었다.

"축하합니다."

사울은 연해주를 할양받은 것을 축하해 주었다.

"감사합니다."

"자, 마무리를 지어 볼까요?"

대찬이 눈을 돌려 철영과 시선을 맞추자, 그가 고개를 끄덕이는 것으로 모든 것이 완료되었다는 것을 확인해 주었다.

미국과 캐나다 그리고 대찬은 똑같은 서류에 서명하기 시작했다. 두 번 서명을 하자 삼자 간에 협정 서류가 완벽하게 효력을 가질 수 있게 되었다.

악수를 하고 간단하게 담소를 하려는 찰나, 철영이 조용히 귓속말을 건넸다.

"캐나다에 사례를 해야 할 것 같습니다."

사울과 눈을 한차례 마주친 대찬이 물었다.

"얼마를 원한답니까?"

"2백만 달러입니다."

"사례하고 캐나다 정부에 백만 달러를 기부하도록 해요."

"알겠습니다."

"아, 그리고 이번에 미국 정부 사람들에게 1만 달러씩 사례하고 프랭클린 D. 루스벨트 그 사람에게는 조금 더 사례하세요."

처음 프랭클린이라는 이름을 들었을 때 고개를 갸웃했었다. 그러다 풀 네임을 알게 되자 떠오르는 것이 딱 한 가지 있었다.

'2차 세계대전 당시 미국 대통령!'

프랭클린이 미국의 이익을 위해서 움직인 것은 당연했지만 숨겨진 모든 관계를 알고 있는 사람이었기에 친한파로 끌어들일 수 있을 것이라고 판단했다.

'엄청난 이익이 될 거야!'

모든 일이 마무리되고 친목을 위해 간단한 담소를 나눈 뒤 호텔방에 도착하자, 그제야 대찬은 시원하게 웃을 수 있었다.

♣

대찬은 샌프란시스코에 도착하고 얼마 지나지 않아 시간이 조금만 더 지나면 크리스마스임을 깨달았다.

"시간 참 빨라."

연해주 문제로 1년이 넘게 마음 졸였던 것이 언제였는지 기억도 나지 않았다.

"이제 채텀제도하고 뉴칼레도니아만 남았는데……."

귀환하기 전 언질받기를 대금만 지불하면 될 것이라고 했었다.

"제발 이번에는 꼬이지 않았으면 좋겠다."

일본이 관심 가지지 않기를 원했다.

'두 곳만 할양받는다면 광복하기 전까지는 확장할 일이 없으니까.'

이제는 다른 일을 할 차례였다.

지도를 펴고 중국의 서쪽에 집중했다.

'티베트과 위구르.'

회귀 전 중국은 너무 컸다. 그리고 한국은 중국의 눈치를 볼 수밖에 없는 위치였다.

'그런 상황이 오기 전에 좀 바꿀 필요가 있지.'

몇 년 전 그들이 광복군을 찾아와서 독립에 대해 지원해 달라고 했던 것을 기억하고 있었다.

'먼저 원하는 영토를 얻은 후에 차근차근 해 나가자.'

보고 있던 지도를 덮었다. 퇴근할 시간이 된 것이다.

"덕원 씨, 차 준비해 줘요."

가벼운 마음으로 집에 도착하자 엠마가 반갑게 맞아 주었다.

"오늘은 어땠어요?"

대찬은 살이 올라 살짝 통통해진 엠마를 보며 물었다.

아메리칸
드림

"뭐가요?"

"음, 아이가 발길질을 하거나…….”

"그러려면 아직 멀었어요.”

임신 소식을 듣고 대찬은 엄청난 기쁨을 느꼈다.

'태어나면 얼마나 더 기쁠까?'

그는 배 속에 있는 아이를 만나기를 손꼽아 기다리고 있었다.

"대찬, 나 일하면 안 될까요?"

"절대! 절대로 안 돼요.”

엠마는 자신이 하던 사업이 임신으로 중단되자 크게 실망하고 있었다. 호황이었기에 사람들이 많은 소비를 했고 덩달아 사업도 빠르게 성장하고 있었기에 아쉬운 마음이 컸다.

대찬은 엠마의 배에 손을 얹고 말했다.

"아빠 왔다.”

팔불출 같은 모습에 주변에서 그 모습을 지켜보고 있는 사람들은 조용히 웃었다.

연회장에서 특별한 파티가 열렸다. 드디어 라디오 방송국이 개국한 것이다. 포리스트가 유난을 떨며 완벽에 완벽을 더한 방송국은 대찬의 기대를 한 몸에 받았다.

"포리스트 씨 축하합니다.”

"하하, 사장님, 축하합니다."

서로 축하를 했는데, 방송국은 포리스트가 기획한 작품이었고 대찬은 그 방송국의 주인이었기 때문이었다.

"채널은 전에 말했던 것처럼 세 개 맞지요?"

"네, 그런데 많은 채널이 필요하겠습니까?"

"하하, 쓰기 나름 아닐까요?"

"궁금합니다."

"좋아요. 특별히 알려 드릴게요. 일단 종합 편성으로, 두 개 채널은 영어 방송 또 다른 하나는 한국어 방송입니다."

"그럼 영어와 한국어 방송만 하면 되는데, 왜 영어 방송 채널은 두 개입니까?"

"아무래도 하나로는 부족할 것 같거든요."

방송의 콘텐츠는 무궁무진했다. 스포츠 중계, 뉴스, 음악, 교양, 예능, 드라마 등 편성할 프로그램은 굉장히 많았다.

"저는 사장님 생각을 따라갈 수 없겠습니다."

포리스트가 두 팔을 들어 올리며 항복을 표시하자, 두 사람은 크게 웃었다.

"곧 계획서를 보내 줄 테니, 잘 만들어 보세요."

다음 날 대찬은 상당히 두꺼운 계획서를 보내 주었다. 서류를 받은 포리스트는 상당한 두께의 서류에 한번 놀랐고, 혁신적인 방송편성에 대해 두 번, 마지막으로는 어떻게 방송이 발전될 것인지를 느껴 세 번 놀랐다.

'이렇게 한다면 무조건 성공할 수밖에 없다!'

희열을 느낀 그는 시험 방송이 끝나기 전에 프로그램편성을 하기 위해 분주히 움직이기 시작했다.

특히 그가 신경 쓴 것은 음성 드라마였는데, 대본은 고전 문학이 많았기에 문제가 되지 않았지만 목소리 연기를 해 줄 배우를 찾기가 여간 힘든 것이 아니었다.

그 문제를 대찬에게 토로하자 그가 말하기를,

"영화사에 가서 배우들을 섭외하면 되잖아요."

포리스트는 오히려 쉬운 문제를 자신에게 묻는다고 타박을 듣고는 부리나케 할리우드로 가 자신이 원하는 목소리의 배우를 섭외할 수 있었다.

그 외에도 라디오를 소유한 사람들이 많지 않았는데, 방송국이 살기 위해서는 라디오를 듣는 사람이 많아야만 했다. 그 문제를 다시 한 번 대찬에게 물었더니 이렇게 말했다.

"사람 많은 곳에 라디오를 설치해서 들을 수 있게 만들어요."

재빠르게 사람 많은 곳에 라디오를 설치해서 들을 수 있는 환경을 만들어 두었다.

정규 방송 첫날.

길에서 울려 퍼지는 음악소리와 말소리에 사람들은 호기심 가득하게 듣기 시작했다. 처음엔 공공장소에서 큰 소리가 울려 민폐라는 의견이 대부분이었지만, 딱 일주일이 지나자 상황이 변하기 시작했다.

그야말로 폭발적인 반응.

사람들은 매일 이어지는 드라마의 내용에 흠뻑 빠지기 시작했다. 게다가 적절한 시간에 유행곡이 나왔고, 세상의 정보를 알려 주는 뉴스에 귀를 기울이게 되었다.

포리스트는 당장 대찬에게 와서 대성공을 거뒀음을 알렸다.

"고생했어요."

"네?"

짧은 말에 포리스트는 허탈했지만 곧 이해가 됐다.

'사장님이 계획했던 거였어. 나 같은 범인이 어떻게 천재를 이해할 수 있겠어?'

대찬은 귀가 상당히 간지러워 귀를 후비려다 포리스트와 눈이 마주쳤다.

"그럼 이만 가 보겠습니다."

"네, 조심히 가요."

문밖을 나가는 것을 확인하고 대찬은 귀를 후볐다.

"누가 내 욕을 하는 건가?"

귀를 후비며 읽던 신문을 마저 읽기 시작했다.

솜 전투는 최종적으로 협상국이 기존 전선에서 12킬로 전진하였는데, 발생한 인명 손실은 영국군(영연방군 포함) 42만 명, 프랑스군 20만 명, 이를 막기 위해 싸웠던 독일군의 인명 손실은 50만~60만 명가량으로 집계된다고 적혀 있었다. 전체 약 120만 명이 넘는 사상자가 발생했는데, 이쯤 되면 공격으로 얻은 땅이 전사자들을 매장하기도 부족하다는 참호전의 평가가 실려 있었다.

"쯧쯧."

혀를 차면서도 양군 모두에 측은한 마음이 들어 전사자들을 생각하며 잠깐 애도의 묵념을 했다.

"아무리 그래도 아닌 건 아니야. 참 사람 목숨이 쉬운 시대야."

그러다 한반도가 생각이 났다.

"어휴, 엄청 죽었을 테고 엄청 죽이고 있을 텐데, 방법이 없네."

패악을 부리고 있을 일본을 생각하니 온몸이 떨렸다. 지금까지 모은 일본의 만행 자료들만 해도 엄청난 양이었다. 앞으로 계속해서 자료들이 쌓여만 갈 것이다.

"죽일 놈들! 그나마 이제 가까운 연해주로 탈출할 수 있으니 엄청 다행이지."

당장 독립을 이루고 싶었지만, 현실적으로 불가능하다는 것이 더 마음 아팠다.

"PMC를 만들 수 있을까?"

연해주를 할양받으면서 민간 군사 기업(PMC, Private Military Company)을 만들 수 있을지 고민하고 있었다.

회귀 전 PMC로 기록된 최초 사례는 1995년 앙골라 내전과 시에라리온 내전에 참전해 실질적으로 종전시키는 데 성공한 EO(Executive Outcomes)사로 기억하고 있었다.

"확률은 반반인데⋯⋯."

연해주와 사할린은 현재 캐나다의 영토로 기록되고 있었다. 하지만 캐나다는 이름만 빌려주었을 뿐 실질적인 운영은 광복군이 주도적으로 맡고 있었다.

"손해 볼 것은 없으니까 문의라도 해 봐야지. 그런데 너무 이른가?"

PMC를 만든다면 여기에 쓸 수 있는 민족이 굉장히 많았다. 특히 인종차별로 숨어서 없는 것처럼 지내다시피 하는 미국 원주민들과 네팔의 구르카 등 가용할 수 인원이 상당했다.

"허가가 났을 때 이야기지."

구르카는 현재 영국군으로 20만 명 정도 참전하고 있었고 전쟁 용병으로 유명했으니 무난하게 넘어갈 것이나, 인디언은 미국 정부에서 난색을 표할 것 같았다.

'거의 인종 박해 수준이니까.'

보호지라는 껍데기와는 다르게 좁은 곳에 몽땅 가두어 두고 죽기를 기다리고 있었다.

"일단 해 보고 안 되면 시간이 얼마나 걸리든 될 때까지

로비해야지."

굳이 PMC 기업을 만들려는 이유가 있었는데, 나라가 없다는 것이 가장 큰 이유였다.

'공식적으로 소유할 수 있는 부대가 필요해!'

대찬의 가장 큰 약점은 무력과 보안이다. 그런 약점은 PMC 회사를 만든다면 단번에 해결될 수 있었다.

생각이 정리되자 전화기를 들었다.

―여보세요.

"안녕하세요. 존입니다."

―하하, 웬일입니까?

연해주 일이 잘 마무리되고 토마스에게도 사례를 했기에 전화 속 목소리가 기분 좋게 들렸다.

"저녁 식사나 같이하실래요?"

―저녁 식사요? 저야 언제나 환영입니다.

"하하, 그럼 호텔 레스토랑에서 뵙도록 하지요."

―좋습니다.

먼저 레스토랑에 도착해 기다리니 얼마 지나지 않아 토마스가 도착했다.

정찬이 시작되고 분위기가 무르익자 대찬은 생각했던 이야기를 슬그머니 꺼냈다.

"토마스 씨, 혹시 용병에 대해서 어떻게 생각하세요?"

"용병 말입니까? 글쎄요. 그다지 흥미로운 이야기는 아닙니다만, 뭔가 하실 얘기가 있군요?"

"사실 이번에 민간 군사 기업을 하나 만들었으면 좋겠다는 생각을 했습니다."

"민간 군사 기업요?"

"그렇습니다. 민간 군사 기업은……."

대찬은 PMC의 역할과 왜 필요한지에 대해서 차분하게 설명했다.

"……해서 어떻게 생각하시는지 조언이 듣고 싶습니다."

"음…… 어려운 일 같습니다."

"역시 그렇지요?"

분쟁 지역이 대부분 열강들의 식민지였기 때문에 소규모 전투만 보더라도 대부분 열강들과 관련되어 있었다.

"하지만 앞으로 필요할 것 같기는 한데……."

토마스는 생각이 깊어진 듯 살짝 뜸을 들였다.

"역시 당장에는 무리일 것 같습니다."

당장 실행은 불가능할 것이라는 걸 알고 있었기에 대찬은 담담하게 반응했다.

그 모습을 본 토마스는 고개를 끄덕였다.

"존 씨는 당장 일을 진행시킬 생각이 없으시군요."

"하하, 아직까지는 생각에만 머물러 있는 일이라서요."

"그럼 원하시는 것은 아무래도 공론화겠지요?"

"맞아요."

"확실히 존이 생각하는 건 시대를 앞서는 느낌이 있습니다."

"그런가요?"

"그리고 방금 문득 든 생각인데 이 PMC라는 조직을 통해서 대리전을 할 수도 있겠군요."

"사실 PMC가 없었던 것은 아닙니다."

"흥미롭군요. 자세한 이야기를 부탁합니다."

"제가 알아본 바에 의하면 핑커톤이라는 경비 회사가 남북 전쟁 당시 첩보부대 역할을 한 적이 있고 그 외에는 서부 개척 때 경비 회사들이 원주민과 전쟁을 많이 했었지요."

"아, 저도 알고 있는 일입니다. 그럼 역할의 확장 정도로 생각하면 이해하기 편하겠군요. 그런데 존, 알고 있는지 모르겠지만 반핑커톤 법이라고, 개인 회사의 탐정 및 전투 임무 수행 금지 조항이 생겨났습니다. 알고 있습니까?"

핑커톤 경비 회사는 1850년에 앨런 핑커톤에 의해 설립되었다.

앨런은 링컨 암살 음모를 막아 내서 유명해진 인물이었다. 링컨은 그런 핑커톤을 신뢰하여 남북전쟁 기간 내내 핑커톤에 의뢰해 자신의 경호를 맡겼을 정도였다.

링컨이 암살될 당시에는 핑커톤이 아니라 잠시 미 육군이 경호를 맡고 있었다. 그래서 아이러니하게도 핑커톤 탐정 사무소의 명성은 더욱 높아졌다.

이런 탓에 회사의 최전성기에는 미국 군대보다 고용된 탐정이 더 많다고 할 정도로 엄청난 수의 탐정들이 활동했는데, 사건 수사뿐만 아니라 요인 경호, 시설 경비 등도 맡았기에 전투력도 상당했다. 그래서 오하이오 주에서는 탐정들이 준군사 조직이 되어 위험하다고 판단해 탐정 사무소 개설을 금지했을 정도였다. 창설 때부터 북군, 남군 출신을 잔뜩 고용해서 PMC에 가까운 모습이었는데, 나중에 가니 PMC화 되어 버렸다.

사설탐정과 경비로 명성을 날리던 핑커톤 탐정 사무소가 너무 커진 나머지 국가 공권력까지 위협할 수 있는 수준이 되자, 결국 미국 의회는 반핑커톤 법안을 통과시켰다. 이 조치에 따라 연방 정부와 기관은 사설탐정의 고용이 금지되었다.

"물론 알고 있습니다."

"그럼 불가능할 것을 예상했을 텐데요."

"그렇게 생각하실 수도 있지만, 제가 생각하는 PMC는 주로 외부에서 활동할 것이기에 문제가 되지 않을 것 같군요."

"무슨 말인지 알겠습니다. 하지만 큰 기대는 하지 않는 것이 좋을 것 같습니다."

"그저 간단하게 말씀드리자면, 수면 아래에 가라앉아 있는 것을 수면 위로 끌어 올리고 싶어서 그러는 것입니다."

토마스는 고개를 끄덕였다. 친한파로 포지션을 굳힌 이후 한인에게 많은 관심을 가졌기에 돌아가는 상황에 대해서는 잘 알고 있었다.

"무슨 말인지 알겠습니다."

"무리하지 않으셔도 됩니다."

무거운 주제로 이야기하다가 분위기를 환기시키려 함인지 토마스는 다른 이야기를 꺼내기 시작했는데, 그중에 대찬의 흥미를 끄는 부분이 있었다. 전쟁으로 유럽 사치품의 가격이 많이 하락했는데, 이를 통해 마음에 드는 그림을 구입했다는 것이었다.

"하하, 그래서 이번에 좋은 명화를 하나 구입했습니다."

"오, 누구 작품입니까?"

"카미유 피사로라고 하는데 알고 계십니까?"

그림에 그다지 조예가 없는 대찬은 산이 있다면 먼 산을 바라보고 싶었다.

"그게……."

"하하, 그럴 수도 있습니다. 언제 기회가 된다면 한번 방문해서 같이 감상하시지요."

"알겠습니다."

기분 좋게 식사를 마친 두 사람은 다음을 기약하며 헤어졌다.

집으로 돌아가는 차 안.

"덕원 씨, 화가 알아요?"

"그림 그리는 화가 말입니까?"

"맞아요. 아는 사람 있어요?"

"안견 선생님은 알고 있습니다."

"혹시?"

"사장님 소장품 중에 몽유도원도가 있었는데, 굉장히 아름답게 봐서 기억하고 있습니다."

"그럼 서양화가는?"

"앞으로 알아보도록 하겠습니다."

이제까지는 관심이 전혀 없었지만 토마스와 대화로 생각나는 것이 있었다.

"어서 오세요."

집에 도착한 대찬을 엠마가 마중했다.

"오늘은 어땠어요?"

"피, 나보다 아이한테 관심이 더 많죠?"

엠마는 대찬이 자신보다 태중의 아이에게 더 관심을 갖는다는 느낌을 가졌는지 밉지 않은 투정을 부렸다.

"아니에요. 내 관심은 엠마에게 더 향해 있답니다."

"거짓말 같지만 믿어 줄게요, 호호."

식사를 하고 왔기 때문에 집에 도착해서는 엠마와 나란히 앉아 티타임을 가졌다.

"그림 좋아해요?"

"물론이죠."

"어느 화가를 좋아해요?"

"르네상스 시대 화가를 좋아해요. 주로 레오나르도 다빈치, 미켈란젤로, 라파엘로 이 정도랄까요? 어렸을 때 유럽 여행 한 적이 있는데, 정말 아름다운 미술품들이었어요."

그때를 회상하는 듯 눈에는 감격스러움이 서려 있었다.

"그런데 왜 물어봤어요?"

"그림을 모아 볼까 해서요."

"그림요? 누구요?"

"빈센트 반 고흐."

"그게 누구예요?"

엠마는 전혀 모른다는 듯이 호기심 가득한 얼굴이 되었다.

"나는 그 사람 그림이 좋아요."

"대찬이 좋아한다니까 저도 궁금하네요."

"특히 '별이 빛나는 밤'이라는 그림은 얼마를 지불하든지 꼭 가지고 싶어요."

"그래요?"

"한번 모아 볼까요?"

"찬성이에요!"

대찬은 회귀 전 보았던 아름다운 그림이 생각나 기대감에 마음이 떨렸다.

❦

명환은 오늘도 잔뜩 술에 취해 집에 들어왔다.

"마누라!"

"어휴, 오늘은 또 누구랑 마신 거예요?"

"응? 저기 누구야, 저기 누구더라?"

명환은 생각이 나지 않는 듯 횡설수설했다.

"우하하, 있어 그런 사람이."

순영의 눈빛이 점점 좋지 않게 변했다.

"왜 매일같이 술을 마시고 오는 거예요?"

"응? 마누라가 규칙적인 생활을 하라고 했잖아."

순영은 시뻘게진 얼굴로 소리를 빽 질렀다.

"이 인간이!"

외규장각

　대찬은 호텔로 가고 있는 중 특이한 것을 볼 수 있었다. 일
단의 여성들이 피켓을 들고 시위를 했다.

　"여성에게도 투표권을!"

　큰 성조기를 들고 거리를 장악한 채 참정권을 요구하고 있
었다.

　1893년 뉴질랜드가 국가 전체로 여성 투표권을 가장 먼
저 인정한 이후, 1915년에는 덴마크가 여성참정권을 인정하
였다.

　미국 전체에서는 참정권이 없었지만 몇몇 주에서는 이미
여성에게 참정권을 주었는데, 와이오밍 주가 1869년에 제일
먼저 도입했고, 아이다호, 콜로라도, 유타 주가 20세기가 되

기 전에 여성 투표권을 인정했다.

유타 주는 여성 투표권이 일부다처제를 없애는 데 도움이 될 것 같아서 도입했는데, 오히려 여성이 일부다처제를 투표로 옹호하자 연방 정부가 여성 투표권을 취소하는 해프닝까지 있었다.

시위를 하는 여성들은 생각보다 과격했다. 피켓에 쓰여 있는 글귀에는 이런 글도 있었다.

여성의 이익, 여성의 교육, 여성의 산업적, 법률적, 정치적 평등! 특히 여성의 참정권을 원한다!

이런 남녀평등을 원하는 글귀가 있는 한편 반대로 읽기 민망할 정도로 굉장히 인종차별적인 글귀도 있었다.

인파 속에는 익숙한 얼굴이 있었다.

'저 여인은?'

격렬하게 시위를 하고 있는 여인들 중 익숙한 인물은 한지영이었다. 그녀는 마침 지나가는 대찬의 차를 봤는지 급하게 다가와서는 알은척을 했다.

"사장님!"

시위로 인해 천천히 움직이고 있었기에 다가와 말을 걸 수 있었다.

"지영 씨, 오랜만입니다."

"사장님, 여성참정권에 대해서 어떻게 생각하세요?"

인사도 없이 다짜고짜 질문하는 것에 대찬은 떨떠름했지만 주변에서 그를 알아보고 집중하고 있는 터라 미소만 짓고 있었다.

"하, 하, 지영 씨, 무슨 말인지 모르겠네요."

"여성참정권에 대해서 어떻게 생각하시는지 말씀해 주세요."

민감한 질문이었다.

'어디 보자 여성참정권이 언제 허용되더라?'

사업가로서 정치적 발언을 잘못하면 좋은 꼴을 보지 못할 것은 뻔했기에 말을 쉽게 하면 안 되었다.

"나중에 차분하게 대화하는 게 어떨까요? 지금은 당황스러워서 딱히 이렇다 할 말이 떠오르지 않네요."

자리를 떠나는 게 상책인 것 같았다.

대찬은 상반신은 가만두고 하체를 이용해서 빨리 떠날 것을 재촉했다.

빵빵!

마침 뒤에서 경적 소리가 나자 지영은 붙잡고 있는 대찬의 차를 놔줄 수밖에 없었다.

그사이 대찬은 식은땀이 줄줄 났다.

사무실에 도착하자 덕원이 멀뚱히 서 있었다. 용무가 있다는 것을 알았기에 대찬이 먼저 물었다.

"뭔가요?"

"실례가 되지 않는다면 질문 하나 해도 되겠습니까?"

"말해 보세요."

평소 덕원은 묵직하게 행동하는 사람이라 질문이 있다고 말했을 때 대찬은 흥미로움을 느꼈다.

"아까 전 왜 그리 다급하게 자리를 떠나길 원하셨는지요?"

"혹시 남들의 시선에 정치적으로 보일까 봐 그랬어요."

"그럼 사장님이 생각하는 여성참정권은……?"

"그거야 당연히 찬성이지요."

"그렇습니까?"

묘한 뉘앙스를 풍기는 덕원을 보며 대찬은 뭔가 이상함을 느꼈다.

"덕원 씨는 반대하는 입장인가 보네요?"

"솔직히 말해 그렇습니다."

"이유를 물어도 될까요?"

"밖에서 시위하는 여성들을 보면서 이런 생각을 했습니다. 기존에 지켜 오던 전통문화가 외면받을 수도 있겠다고 말입니다."

"전통문화?"

"그렇습니다."

복잡한 문제였다.

현재 여성참정권을 원하며 운동하는 페미니스트들은 남녀

의 관계를 수평으로 놓고 동등한 시각으로 바라보며 그에 따른 권리를 요구했다. 하지만 유교 사상이 뼛속까지 자리 잡힌 한인들의 시선으로는 말도 안 되는 이야기였다.

고려에 성리학이 입성한 이후 조선 시대에 크게 부흥했고 유교 사상에 입각해 모든 생활이 이루어지기 시작하자 남아선호사상이 생겨나기 시작했다. 반대로 여성에게는 이름을 지어 주지 않았고, 가문의 족보에도 이름을 올리지 않았다.

사실 고려와 조선 초기만 해도 딸은 상속에서 차별 대우를 받지 않았을 뿐 아니라 부모의 제사를 지내기도 하였다. 이 밖에도 딸도 이름을 갖는 등 조선 후기의 철저한 남존여비 관습과는 다른 모습이었다.

'이걸 어떻게 설명해야 하지?'

현재 가지고 있는 생각이 옳다고 생각하는 사람을 설득하기란 쉽지 않은 일이었다.

가만 생각을 정리하다 입을 열었다.

"우리 아주 간단하게 생각해 봐요."

무無논리는 논리를 이긴다는 격언이 있다.

남존여비라는 것으로 지금의 관습을 유지해 왔지만, 사실 자세히 들여다보면 이것처럼 말도 안 되는 일도 없었다.

"동포 여성들을 보면 이름이 없거나 제대로 된 교육을 받은 이들이 없어요. 여기에 더해 자신의 의견을 피력할 수 있는 여성들도 없지요."

"암탉이 울면 집안이 망한다는 속담도 있습니다."

"덕원 씨가 말한 그것이 문제라는 거예요."

"네?"

"남자, 여자 성별을 떠나서 인간 대 인간 수평적인 관계로만 보자는 거예요."

"이해가 안 됩니다."

"예를 들어 아빠가 일찍 세상을 떠났어요. 그런데 자식의 숫자는 많고 경제적인 활동을 할 수 있는 것은 엄마밖에 없어요. 그럼 엄마는 일을 해서 자식을 먹여 살려야 될까요, 아니면 여자라는 이유만으로 굶어 죽어야 할까요? 당장 상황을 본다면 덕원 씨가 말한 암탉이 우는 일이잖아요?"

"그야……."

"잘 생각해 보세요. 앞으로 시간이 얼마나 더 걸릴지는 모르겠지만, 남녀가 수평적인 관계가 되는 날이 올 거예요."

'그리고 페미나치도.'

여성 우월주의에 빠진 여성들을 생각하니 골치가 아팠다. 그런 대찬 앞에서 덕원은 알 듯 말 듯 한 묘한 표정을 지었다.

'의외의 모습이야.'

항상 무뚝뚝하게 행동하는 모습을 보며 믿음직스럽게만 느꼈지 지금처럼 고지식하게 생각하고 있을 줄은 몰랐다.

'이 시대에는 정상적인 사고방식인가?'

"대화해 주셔서 감사합니다."

"아니에요. 내가 한 말이 도움이 됐으면 좋겠네요."

인사를 하고 나가는 모습을 보고 지영이 생각이 났다.

'눈빛이 장난이 아니던데…….'

눈에서 불꽃이 튀는 모습을 보았는데, 전에 수줍어하던 모습과는 딴판이었다.

'학교 다닐 거라고 했던 것 같은데?'

자신이 목표했던 학교에 있을 것이라 생각했던 사람이 샌프란시스코 한복판에서 시위를 하고 있다는 것이 의외였다.

'열심히 공부해 졸업하면 데려다 써먹으려고 했는데.'

대찬은 남성과는 다른 특유의 여성적 감각을 사업체에 적용시킬 생각을 하고 있었다.

'표정을 봐서는 조만간 찾아오겠던데, 그때 이야기해 봐야겠다.'

한편으로는 지영의 굉장히 과격한 모습을 본 직후라 무섭다는 감정을 느끼고 있었다.

'한국 아줌마들 겁나 무서워.'

대찬은 작게 실소했다.

'조만간 헌법이 수정되고 여성에게 참정권이 생길 것은 분명한데…….'

그동안 멀리했던 정치였지만, 여성 유권자들을 등에 업는다면 정치도 해 볼 만하다는 생각이 들었다.

'엠마를 통해 볼까?'

록펠러라는 꼬리표를 달고 있는 엠마라면 신여성으로서 전면에 나서기에 부족함이 없었다. 거기에 더욱 고무적인 것은 자신의 사업도 하고 있었다.

"나쁘지 않아."

새로운 계획들이 세워지기 시작했다.

엠마는 부산하게 움직였다.

"조심, 조심!"

잔소리를 듣고서야 천천히 움직이기 시작했다.

"기다리고 있잖아요."

"그래도 아기를 위해서 조심해요."

대찬은 상당히 들떠 있는 그녀를 말리느라 정신이 없었다.

준비가 되자 두 사람은 차에 나란히 앉아 약속 장소로 출발했다.

"그런데 정말 왔어요?"

"당연하죠. 약속했었잖아요."

엠마는 자신 있게 대찬에게 짙은 미소로 답했다.

호텔 레스토랑에 도착하자 기다리고 있는 사람이 있었다.

"안녕하세요, 부인. 찰리 채플린이라고 합니다."

"네? 정말요? 영화와는 다르네요?"

영화를 벗어난 그는 굉장히 잘생긴 얼굴이었다.

실례되는 모습을 보이는 그녀에게 대찬은 나직이 인사를 종용했다.

"엠마 E. 강이라고 합니다."

엠마는 처음엔 긴가민가했지만 조금 더 이야기를 나누어 보자 진짜 찰리 채플린이라는 것을 믿게 되었다. 아이처럼 좋아하는 엠마를 보고 대찬은 웃음이 났다.

'나도 나중에 오드리 헵번이나 그레이스 켈리를 보면 저런 표정을 지을까?'

엠마의 잔뜩 상기된 얼굴을 보고 있자니 절로 흐뭇해졌다.

"존 강입니다."

"아, 이야기 많이 들었습니다."

"녹음은 잘되어 가나요?"

"처음에는 어색했지만 지금은 오히려 드라마의 매력에 흠뻑 빠졌습니다."

"하하, 정말 기대되네요."

"아닙니다. 잘못해서 흉이라도 볼까 봐 걱정돼 죽겠습니다."

너스레를 떠는 찰리 채플린은 음성 드라마에 출연 계약을 맺었는데, 방송되기 전 녹음을 하기 위해 샌프란시스코를 찾았다.

녹음된 드라마는 따로 복사되어 시중에 팔렸는데, 콘텐츠의 재생산을 숱하게 경험한 대찬의 지시로 이루어진 일이었다.

기존 방송되고 있던 음성 드라마 역시 똑같은 방식으로 판매했는데, 점점 소문이 나기 시작하면서 전국적으로 인기를 끌기 시작했다.

"저는 잘될 거라고 생각합니다. 제가 보증하지요."

"하하, 사장님이 보증하신다니 흥행은 걱정 없을 것 같습니다."

세 사람은 좋은 분위기 속에서 편안하게 식사를 할 수 있었는데, 채플린의 입담에 두 사람은 식사 내내 웃음이 떠나지 않았다.

"저, 사장님, 부탁드릴 게 있습니다."

"뭔가요?"

"소유하고 계신 궁 있잖습니까?"

"네."

"촬영지로 쓰고 싶은데, 어떻게 생각하시는지요?"

대찬은 의아함을 느꼈다.

"궁의 담당자가 있을 텐데요?"

"알고 있습니다. 그런데…… 허락을 해 주지 않았습니다."

"그래요? 이유가 뭐라고 하던가요?"

"우스꽝스러운 영화에 궁이 배경으로 나온다면, 이미지가 나빠질까 봐 두렵다고 했습니다."

채플린이 말하는 게 전부는 아닐 것이라는 걸 대찬은 직감했다. 지금의 궁은 본래 궁을 관리했던 상궁들이 대거 넘어와 관리하고 있었는데, 그들의 자존심 때문에 허락하지 않았을 공산이 더 컸다.

평생을 지키고 살아왔던 궁에서 쫓겨난 후에 삶의 의욕을 잃었던 그들이 다시 의욕을 가지고 열심히 살고 있는 것은 할리우드에 새로 지어진 궁과 사모궁에서 지내고 있는 황실 가족들 때문이었다.

'충성심 하나는 끝내주네.'

대찬에게는 약간 괴리감이 있는 감정이었는데, 단 한 번도 황실에 대해서 특별한 감정을 가져 본 적이 없기 때문이었다.

"그랬군요. 조치를 취해 드리지요."

"감사합니다."

'전 세계에다 한인을 알릴 수 있는 기회를 쉽게 버릴 수는 없지.'

세계는 아시아에 무지했는데, 영향력 있는 찰리 채플린을 통해서 널리 알릴 수 있는 아주 좋은 기회였다. 특히 그는 직접 영화를 만드는 감독이었기에 어떻게 작품을 찍어 낼지 기대가 되었다.

식사가 마무리되고 헤어질 시간이 되자 엠마가 크게 실망

했다.

"시간이 너무 빠르네요. 다시 볼 기회가 있을까요?"

"기회가 된다면 제 연인과 함께 찾아뵙겠습니다."

"정말요? 꼭 다시 만나요."

"네, 약속드리지요."

약속을 끝으로 부부는 다시 집을 향했다.

"대찬, 고마워요."

"네?"

"약속을 지켜 줘서 고마워요."

"하하, 뭘요. 말만 해요. 하늘에 별도 따다 줄게요."

순간 엠마의 눈이 반짝였다.

"정말요?"

대찬의 머릿속에서 경종이 울리기 시작했다.

"하, 하, 말이 그렇다는 거죠."

그는 알 수 없는 미지의 감이 경고하자 발을 빼기 위해 노력했다.

"아니에요. 꼭 들어줘야 해요!"

"말해 봐요."

"사실 만나고 싶은 배우가 더 있어요."

대찬은 다행이라고 생각했다. 배우 한 명 더 만난다고 달라질 것은 없었다.

"누가 만나고 싶어요?"

"로스코 아버클이랑 해럴드 로이드예요."

"그래요. 기회가 된다면 자리를 만들어 보죠."

두 사람이 누군지는 모르겠지만 어렵지 않을 것이라 생각했다. 앞으로 드라마는 꾸준히 제작될 것이었고 음성을 연기해 줄 배우 역시 꾸준히 필요했다.

네덜란드인 무용가 마가레타 거트루이다 젤러Margaretha Geertruida Zelle는 네덜란드의 레이우아르던Leeuwarden에서 한 사업가의 딸로 태어났다. 하지만 아버지의 사업 실패로 어린 시절 유복한 삶은 끝나고, 인도네시아에서 복무한 가난한 네덜란드군 장교와 결혼 생활이 시작되었다.

짧은 결혼 생활이 실패한 뒤 파리로 이사했고, 그녀는 자바 섬에서 온 공주인 것처럼 행세하며 '동양식' 춤을 선보였다. 그녀는 점점 유명 댄서로 알려지게 되었는데, 이때 지은 가명 마타 하리는 말레이어와 인도네시아어로 '새벽의 눈, 개벽의 빛'이라는 뜻이었다. 그녀의 이러한 기만은 군인이었던 남편을 따라 자바에서 살았던 경험 덕분이었다.

마타 하리는 댄서와 동시에 코르티잔(고급 매춘부)으로 일하며 많은 장교들, 정치인들과 끊임없이 접촉하고 수많은 스캔들을 만들어 냈다. 그녀는 자신의 정체가 네덜란드의 시골

출신이라는 것이 드러나지 않도록 자신의 정체에 대해 수많은 헛소문을 뿌렸고, 인도 어느 지역의 사제라는 것부터 자바의 공주라는 등의 수많은 소문이 늘어만 갔다.

그러던 중 제1차 세계대전이 발발했고 당시 베를린에 있던 마타 하리는 독일 정보기관에 2만 마르크를 받는 조건으로 포섭되었다. 이후 암호명 H21호로 연합군 고위 장교들을 유혹, 군사기밀을 정탐해 독일군에 제공하기 시작했다.

그렇게 수집한 정보는 연합군 5만 명의 목숨과 바꿀 수 있는 고급 정보였다고 알려졌다.

한편 오스트리아의 황제이자 헝가리의 사도왕이었던 프란츠 요제프 1세, 11월 21일 68년간 제국을 짊어졌던 86세의 노황제는 쉔브룬 궁전에서 세상을 떠났다.

유해는 오스트리아 빈에 있는 황실 묘지에 안장되었는데, 그의 석관 양옆에는 황제보다 먼저 세상을 떠났던 아내 엘리자베트 폰 비텔스바흐 황후와 아들 루돌프 황태자가 먼저 잠들어 있었다.

그 후계는 카를 1세가 되었는데 프란츠 요제프 1세의 두 번째 남동생의 손자로, 본래는 제위와 별로 인연이 없는 인물이었다. 그러나 기막히게 겹친 합스부르크 왕가의 불운으로 인해 그에게 황제의 자리가 돌아갔다.

대찬은 조금씩 전쟁의 끝이 다가오고 있음을 알 수 있었다.

아메리칸
드림

'전선이 고착화되고, 러시아는 혁명이 일어나 잠깐 전쟁에서 발을 뺀다. 그리고 미국 참전, 독일의 대공세로 2차 솜 전투를 마지막으로 이 전쟁은 끝난다.'

대찬은 전쟁이 끝나기 전에 얻어야 하는 것이 무엇인지 생각하고 정리하기 시작했다.

'목표했던 것은 거의 다 이뤘네?'

가장 신경을 썼던 것은 영토였다.

'연해주는 해결됐고 채텀제도와 뉴칼레도니아는 이번 주에 만나기로 했으니까 해결이 되겠네.'

프랑스와 영국은 전비가 많이 필요했는데, 프랑스에게 뉴칼레도니아를 할양받는 조건으로 대금 1천만 달러, 전쟁 채권 2천만 달러의 구입을 약속했다. 그리고 뉴질랜드에게 채텀제도를 할양받는 조건으로는 대금 5백만 달러, 뉴질랜드 채권 1천만 달러, 영국 채권 1천5백만 달러 구입을 약속했다.

'합이 6천만 달러, 이번 분기에 러시아에 지불해야 할 돈이 2천만 달러니까 이번에 조금 빠듯하겠네.'

표면적으로는 8천만 달러였지만 부대 비용으로 여기저기 사례를 하다 보면 백만 달러는 우습게 쓰였다.

'그래도 다행인건 US스틸에서 배당금이 나온다는 거지.'

US스틸은 이번에도 역시 엄청난 양의 철을 가공하여 수출했는데, 그럼에도 불구하고 물량이 부족하여 낚싯배를 콘크

리트로 만들어 사용하는 진귀한 현상이 일어나기 시작했다. 세계적으로 강철과 선박이 부족하자 자구책으로 이러한 것들을 만들어 냈던 것이다.

'시기적으로 딱 맞아떨어져서 다행이야. 아니면 한참을 고생할 뻔했어.'

보통 사업가들이라면 보유 현금이 부족하다고 불안하거나 걱정하지 않을 것이다. 하지만 대찬은 위치가 약간 미묘했는데, 그저 일개 사업가라고 하기에는 애매했다.

'어쩌다 보니 미국 주재 한인 대표같이 되었네?'

자신의 미래, 민족의 미래를 위해서 나서다 보니 꽤 크게 일을 벌였다는 생각이 들었다.

'미국이 예쁘게 봐줘서 다행이지. 이번에 선물을 한번 돌려야겠네.'

지금까지 진행했던 모든 일이 가능했던 것은 현 정부에서 동의했기 때문이었다.

'눈 밖에 나면 안 돼!'

대찬은 운이 좋은 것도 있었지만, 전방위적인 로비의 역할이 가장 컸다고 생각했다.

며칠 뒤.

미국 정부의 인사가 할양에 대해서 전권을 가진 대사와 함께 샌프란시스코에 방문했다.

"어서 오세요. 기다리고 있었습니다."

"반갑소. 조르주 클레망소요."

"어? 혹시?"

"나를 알고 있나 보오?"

조르주뱅자맹 클레망소는 프랑스의 총리다. 레몽 푸앵카레 대통령과 함께 프랑스를 이끄는 거대한 쌍두마차였는데, 그가 전권대사로 온 것이었다.

"영광입니다, 총리 각하. 정식으로 인사드리겠습니다, 존 D. 강입니다."

주재관에게 권한을 주고 파견할 것이라 생각했었던 것과 다르게 의외의 정치계 거물이 왔기에 대찬은 깍듯이 대했다.

"그런데 어떻게……?"

"하하, 많이 놀란 것 같구려. 자세한 것은 설명할 수 없지만, 겸사겸사 오게 됐소."

"자리를 비워도 되는 것입니까?"

그는 한 가지 직함이 더 있었는데, 프랑스 상원의 육군위원장이었다.

"호오, 꽤나 세계정세에 밝은 것 같소?"

"관심이 있다 보니 여기저기 주워들은 것입니다."

"좋소, 하지만 대답은 하지 않는 것으로 하겠소. 어디까지나 지금 자리는 비공식이니까 말이오."

"알겠습니다."

"내가 전해 들은 바로는 뉴칼레도니아 대금으로 1천만 달러를 지불하고 아국의 전쟁 채권을 사주는 조건으로 조선왕실의궤를 비롯해서 당시에 가져갔던 물건들을 반환하기로 했다면서요. 사실이오?"

"맞습니다."

1866년(고종 3년), 흥선대원군의 천주교 탄압을 구실로 삼아 외교적 보호를 명분으로 로즈 제독이 이끄는 프랑스 함선 일곱 척이 강화도를 점령했다. 그리고 프랑스 신부를 살해한 자에 대한 처벌과 통상조약 체결을 요구했다.

흥선대원군은 로즈 제독의 요구를 묵살한 뒤 훈련대장 밑에 순무영巡撫營을 설치해 무력으로 대항했다. 조선군이 완강히 저항하자 프랑스 해군은 40여 일 만에 물러났다.

하지만 프랑스 해군이 조용히 물러난 것은 아니었는데, 강화도를 떠날 때 수천 권의 책을 불태우고 귀중품들과 함께 외규장각 도서 340여 권을 약탈해 갔다. 그중에는 임금이 친히 보는 책들인 의궤도 297권이나 포함되어 있었다.

당시 프랑스 해군은 한자로 적혀 있어 무슨 내용인지는 몰랐지만, 장정이 화려해서 귀한 물건임이 틀림없을 것 같은 것만 가져가고 나머지는 너무 많아서 다 가져가지 못하니 다 불태워 버렸다.

그곳이 외규장각이었고 보관하고 있던 책은 1,007종 약 6,000권 정도였는데, 그중에는 유일본이었던 것도 많았다.

"그것들이 프랑스에서도 아주 중요한 보물로 취급되고 있는 사실을 알고 있소?"

"글쎄요. 만약 각하의 말대로라면 왜 아직까지 유명해지지 않았는지 모르겠습니다."

"내 말을 농담으로 들으면 곤란하오."

이제야 대찬은 클레망소가 방문한 이유를 짐작할 수 있었다.

'겸사겸사 다른 일도 보고 자신의 위치로 보물은 주지 않고 입 닦으려는 수작이구나?'

숨겨 둔 패를 꺼낼 때가 됐다고 생각했다.

'본래는 내 선에서 끝내려고 했는데 안 되겠네.'

대찬은 주변에서 대기하고 있던 덕원에게 신호를 줬다.

"각하께서 만나 봬야 할 사람이 있습니다."

"만나야 될 사람? 누구를 말하는 것이오?"

"귀국에서 소유하고는 물건의 주인입니다."

"장난하는 것이오?"

마침 그 자리에 황태자 이은이 나타나고 있었다.

"전하, 오셨습니까."

"그간 잘 지냈소?"

"그렇습니다. 전하, 인사하시지요. 프랑스 총리 조르주 클레망소입니다."

"각하, 여기는 황태자 이은 전하이십니다."

클레망소의 하얀 얼굴이 성난 듯 살짝 붉어졌다.

"반갑소, 이은이오."

"아, 아…… 조르주 클레망소입니다."

조르주는 예상하지 못했던 만남에 당황한 듯 어떠한 말투를 써야 할지 고민하는 모습이었다.

"조선의 보물을 반환하기 위해 오셨다고 들었소. 사실이오?"

"그게……. 그런데 정말 조선의 황태자이십니까?"

"나라가 없어 황태자라고 불리기 부끄럽지만, 조선왕실 혈통을 말하는 것이라면 내 대답은 그렇소."

"증명하실 수 있으십니까?"

"내가 어떻게 증명하면 되겠소?"

'이만하면 됐어.'

"각하, 전하께 그만 무례를 범하세요."

다시 한 번 덕원에게 손짓하자 액자를 하나 들고 왔다.

"각하, 이걸 한번 보시겠습니까?"

클레망소에게 액자를 건네주었다.

"가운데 있으신 분이 돌아가신 고종황제 폐하시고 그 옆에는 현 황제이신 순종 폐하 그리고 그 옆에 계신 분이 지금 여기 계신 황태자 전하이십니다."

황실 가족이 모두 있는 사진을 증거로 보여 주었다.

"끄응……."

아메리칸
드림

클레망소는 앓는 소리로 불편한 심기를 잠깐 보여 주었다.

"황태자 전하이심을 인정하시겠습니까?"

그는 고개를 끄덕이는 것으로 답을 대신했다.

이은이 있음으로 클레망소는 자신의 위치가 가진 이점을 전부 잃어버렸다. 오히려 이은을 통해 주인에게 물건을 돌려 주어야 한다는 대응이 가능해 대찬의 작전이 통하게 되었다.

사실 이러한 일이 일어날 것이라 예측해 이은을 초대한 것은 아니었고 일이 잘 마무리되었을 때 이은과 만남을 통해 열강에 속하는 프랑스에 한인 독립에 대한 정당성을 암시하려 했었다.

클레망소와 협상은 뉴칼레도니아 대금으로 1천만 달러 그리고 전쟁 채권으로 2천만 달러를 투자하고 병인양요 당시 약탈해 갔던 모든 물건을 반환하는 것으로 마무리되었다.

헤어질 무렵, 대찬은 클레망소를 따라온 보좌관에게 한 가지 투자 제안을 했다.

"그림을 구입하고 싶습니다."

언짢은 표정을 지었지만 대찬은 개의치 않고 말을 이었다.

"제가 관심을 갖는 것은 레오나르도 다빈치, 미켈란젤로, 피카소, 모네, 고갱, 샤갈, 에두아르 마네 등 여러 화가들의 작품입니다."

"참고하겠습니다."

'사실 고흐 그림이 제일 가지고 싶지만…….'

고흐의 그림을 가지고 싶어 수소문해 보았는데, 이미 고인이 된 지 오래였다.

클레망소를 전송하고 대찬은 이은과 티타임을 가졌다.

"금산, 프랑스가 약속을 지키겠소?"

"예전 같으면 무시했겠지만, 현재는 자금이 부족해 약속을 지킬 것입니다."

"그나저나 폐하의 소식은 들은 것이 없소?"

"송구하게도 영국으로 떠나신 이후 소식을 들은 것이 없습니다."

이은이 걱정되는 듯 소식을 물었지만 대찬 역시 아는 것이 없었다.

순종은 세계 최강국이라 평가되는 대영제국을 알기 위해서 영국 본토 곳곳을 둘러보기 시작했다.

"하, 황당하군."

영국을 알게 될수록 무어라 판단하기가 너무 힘들었다.

'영국만 놓고 본다면 한반도보다 작다. 그런데 이런 국가가 대영제국이라는 거대한 제국을 만들었다니!'

그에게는 신세계였다.

'군림하되 통치하지 않는다.'

'도덕적 책임.'

입헌군주제를 통해서 황실이 현실 정치에 미치는 영향력은 크지 않았지만 상징으로서 영국 황실의 역할은 막중하였다.

"그랬던가? 그래서 결국 이렇게 된 것인가?"

순종은 깊이 참회하고 반성하기 시작했다.

한참 그렇게 영국을 보고 배워 가던 중 한 가지 결심을 하게 됐다.

'전쟁터로 가자!'

독립하여 다시 국가를 일으키기 위해서는 피를 보아야 한다는 것을 이해하게 되었다. 그러기 위해서는 싸우는 방법을 알아야 한다고 생각했다.

순종은 대찬이 만들어 준 미국인 신분증을 통해서 영국군에 소위로 임관하여 유럽 전쟁에 참전했다. 그리고 유색인종 용병들의 보병 장교가 되었고 솜 전투에 참가하게 되었다.

수많은 포탄과 독가스가 떨어지는 광경을 보았고, 엄청난 숫자의 사람들이 죽어 가는 무자비한 살육의 현장의 한가운데 있었다. 안전한 시간에는 유색인종으로서 모진 차별까지 감수해 가면서도 전장을 떠나지 않았는데, 아주 운 좋게 살아남을 수 있었다. 그렇다고 몸이 온전한 것은 아니었는데, 참호 속에서 근처에 떨어진 포탄의 파편을 맞았다. 다행히 목숨은 부지할 수 있었지만 한쪽 눈을 잃어버렸다.

후방으로 이송되어 치료를 받고 있던 중 부상자들의 고통에 찬 신음 소리를 들으면서 많은 것을 깨달을 수 있었다.

"뭘 그렇게 생각해요?"

톨킨은 골똘히 생각하고 있는 순종에게 자연스럽게 말을 건넸다. 톨킨 역시 부상으로 인해 후방 병원으로 이송되었는데 우연히 알게 된 순종과 친하게 지내고 있었다.

"아, 고국을 생각했습니다."

"그래요? 척의 고향은 어떤 곳입니까?"

"사계절이 뚜렷하고……."

고향 생각에 목이 메어 말을 잇지 못했다.

톨킨은 순종의 빨개진 눈을 보며 괜찮다고 다독였다. 그렇게 두 사람의 교분은 날이 갈수록 깊어졌다.

그러던 어느 날 톨킨이 순종의 정체를 알게 되었는데, 아주 우연한 기회였다. 순종이 가지고 다니던 사진이 몇 장 있었는데, 그 사진의 뒤를 보자 한글과 영어로 글이 적혀 있었다. 영어로 황제와 그의 가족이라는 글귀가 적혀 있었던 것이다.

그 사진 속에는 순종이 고급스러운 복장으로 근엄하게 서 있었다.

"헉!"

깜짝 놀란 톨킨은 진실 여부를 놓고 고민하다가 조심스럽게 순종에게 물었는데…….

아메리칸
드림

"부탁합니다. 아무에게도 말하지 말아 주길 바랍니다."

톨킨은 그러겠노라 약속했고 그 대가로 순종의 인생을 이야기해 달라고 했다.

순종은 처음에는 내키지 않아 했지만 한 번쯤 속내를 털어놓고 싶었던 마음이 컸기에 톨킨에게 살아온 이야기를 들려주었다.

동물원이 일정 부분 완공되었다고 프랭크에게 연락이 왔다. 대찬은 즉시 방문을 결정했는데, 매튜에게서 미국으로 돌아올 준비를 하고 있다는 연락을 받은 지 얼마 되지 않았기에 시기가 참으로 공교롭다고 느꼈다.

"프랭크, 잘 지냈어요?"

"어휴, 이사장님, 몸이 열 개라도 부족합니다."

앓는 소리를 하며 죽는시늉을 했지만, 그의 얼굴에는 피곤한 기색이 전혀 없었다.

서로 농담을 해 가며 목적지에 도착하자 프랭크는 뿌듯한 표정을 지었다.

"여기가 해양 생물이 살 수 있게 만들어 놓은 곳입니다."

한눈에 보기에도 상당히 큰 건물이었는데, 건물 주변을 한 바퀴 돌아보자 실외 우리도 상당히 신경 써서 만들었음을 알 수 있었다.

"물개나 바다표범의 우리는 어딘가요?"

"지금 보이는 곳입니다. 안쪽에는 실내와 연결되어 있어 자유롭게 오갈 수 있게 만들었습니다."

"음, 그런데 꾸준히 물을 공급해야 할 텐데, 그 문제는 어떻게 해결했나요?"

"펌프를 통해 바다에서 바로 공급할 수 있게 고안되었습니다."

"거리가 상당할 텐데요?"

"그래도 가장 효율적인 방법이 그것뿐이라 어쩔 수 없었습니다."

"그나마 바다에서 가까운 곳에 자리를 잡아서 다행이네요."

처음 부지 선정을 한 곳은 바다에서 멀리 떨어져 있었다. 수중 생물로는 처음 동물원을 만들기에 이것저것 따져 보니 먼 곳에서는 관리가 너무 힘들다고 판단했다. 그래서 바다와 가까운 곳으로 자리를 잡게 되었다.

외부를 돌아보고 내부로 들어가자 유리로 벽을 세운 수족관이 사방에 길을 만들어 주고 있었다.

"물을 채워 놨네요?"

"안전한지 실험해 볼 필요가 있었습니다."

"결과는?"

아메리칸
드림

"몇 번의 실험을 해 본 결과, 지금의 선이 가장 적절하다는 판단을 내렸습니다."

강화유리를 몇 겹으로 겹쳐서 벽을 세웠는데, 내구성 실험을 하다가 유리가 파손되어 처음부터 다시 실험하기를 몇 차례, 겨우 원하는 강도와 내구성을 지닌 강화유리를 만들어 내어 수족관을 완성할 수 있었다.

대찬은 꼼꼼하게 확인하고 굉장히 흡족해했다.

"수고했어요."

"아닙니다. 저 역시 이번에 배운 것이 참 많습니다. 앞으로 만들어 보고 싶은 것도 생겼습니다."

"그런데 엠마가 원하는 건물은 어떤 건가요?"

"죄송합니다. 사모님이 절대 이사장님께 말하지 말라고 신신당부를 하더군요."

분명히 뭔가를 만들고 있지만 대찬에게는 절대로 비밀로 했기에 엠마의 꿍꿍이가 너무나 궁금했다.

"내 돈으로 짓고 있는 건물인데 내가 모른다니, 말이 돼요?"

프랭크는 어깨만 으쓱할 뿐 답을 하지는 않았다.

"어휴, 그나저나 김씨 아저씨는 요즘 뭐 하세요?"

현재 샌프란시스코에서는 세계 최고의 도서관을 갖게 되었다고 호들갑을 떨고 있었다. 그만큼 김 씨가 혼신의 힘을 다해서 만들어 놓은 도서관은 지역 주민들에게 자부심이 되어 있었다. 지금은 하와이로 휴가를 떠나는 사람들 대부분이 대학교에 있는 도서관을 들러 한 번씩 보고 가는 관광 명소가 되어 있었다.

"스승님은 만들고 싶으신 게 있는지 연구하고 계십니다."

"프랭크는 어때요?"

순간 그의 입이 삐쭉 튀어나왔다.

"저도 그러고 싶지만, 누군가 저에게 엄청나게 일거리를 안겨 주더군요."

프랭크는 대학교 총장을 맡음과 동시에 강씨 집안의 모든 건축물을 만들고 있었고, 직접 관리하지는 못하지만 의뢰가 들어오면 설계를 해서 넘겨주는 등 활발하게 활동하고 있었다.

"괜히 투정 부리지 말아요. 대신에 돈에 구애받지는 않잖아요?"

프랭크가 투덜대는 이유는 딱 한 가지였는데, 하고 싶지 않은 대학교 총장 생활을 하고 있다는 것이었다. 건축에 대한 열정이 넘치는 그에게 대학교 총장 자리는 귀찮은 직함이었다.

"그건 그렇지만…… 그래도 시간이 부족합니다."

대찬은 고개를 끄덕였다.

어쩌다 프랭크를 보게 되면 그는 항상 현장에 있었고 꼼꼼하고 자신이 만족할 만한 수준의 건축물을 원했다.

'간단히 힌트를 줄까?'

"그래요? 마침 매튜 박사가 돌아온다고 하더라고요."

순간 그의 눈에서 빛이 났다.

'대충 알아들었겠지?'

속으로는 절로 웃음이 났지만 티 내지 않고 다른 이야기를 꺼내 화제를 돌렸다.

"태프트 씨는 어때요?"

"뭐 잘 지내고 있습니다."

대학교를 생각한다면 항상 신경 쓰이는 것은 윌리엄 태프트였다. 전대 대통령이었고 유명한 법조인이었기에 어떻게든 기를 쓰고 교수 자리에 붙잡아 놓고 있었는데, 법대를 다니는 학생들이 태프트의 제자라는 타이틀로 인해서 미래가 한층 더 탄탄해지고 명문으로 발돋움할 수 있는 좋은 기회였다.

"신경 좀 써 주세요."

"그렇지 않아도 부총장님이 잘하고 있습니다."

길현은 지금의 생활이 적성에 맞는지 탈 없이 잘 지내고 있었다. 더불어 대찬이 듣고 깜짝 놀란 이야기도 있었는데, 길현과 태프트는 간간이 골프도 치러 다니고 굉장히 호의적인 관계를 유지하고 있었다.

'작은아버지는 대단한 로비스트야.'

처음 일을 시작할 때부터 인수와 함께 로비를 하고 인맥을 만들고 교분을 만드는 것이 주 업무였고, 쌓아 온 경력도 무시할 수 없는 수준이었다.

"그 외에 내가 신경 써야 할 게 있나요?"

"아직까지는 없습니다. 무슨 일이 있거든 따로 보고드리겠습니다."

대찬은 떠나기 전 건물을 보았다.

"아쿠아 월드."

"네?"

"앞으로 저 건물을 아쿠아 월드라고 부르는 게 어때요?"

"좋습니다."

프랭크는 흔쾌히 수락했다.

"앞으로 물의 세상이 기대가 됩니다."

한편 대찬은 다른 생각이 머릿속에서 맴돌았다.

'저건 또 누가 맡지? 전문가가 있어야 하는데…….'

아직까지 환경공학이라는 학문은 없었기에 전문적으로 맡아 줄 사람이 없어 고민이 생겼다.

'수의사? 생물학자?'

이제 고국으로 다시 돌아가야 하는 것은 사람만이 아니었다.

"프랭크, 저곳을 누가 담당해야 할까요?"

"글쎄요. 아마 동물을 잘 알고 있는 사람이 맡아야 되지 않겠습니까?"

아메리칸
드림

"그렇지요? 흠, 한번 수배해 보세요."

프랭크는 또 일을 시키느냐고 항의의 표시로 살짝 불만스러운 표정을 지었다.

"알겠습니다."

"그리고 여기."

손에서 손으로 봉투가 옮겨졌다.

"뭐 이런 걸 다……."

프랭크는 언제 그런 표정을 지었냐는 듯 활짝 웃었으나 말과는 다르게 행동은 잽쌌다.

"어휴."

'프랭크가 너무 변했어.'

대찬은 익살스러운 모습이 처음 만났을 때와는 달랐기에 프랭크를 보며 자책했다.

"그럼 다음에 봐요."

대찬은 명환이 생각났다.

'프랭크에게서 명환이의 향기가 났어.'

한양의 달

　그리고리 라스푸틴은 1869년 시베리아 튜멘 주의 작은 마을에서 태어났다. 어렸을 때부터 여자 친구가 많은 방탕한 생활을 즐기다가 돌연 출가, 15년 동안 수도승을 자처하며 러시아를 떠돌아다녔다.

　그러던 중 1903년 러시아 제국 수도인 상트페테르부르크에 가게 되었고 혈우병으로 고생하던 알렉세이 황태자를 요상한 기도 요법으로 고쳐서 귀한 대접을 받게 되었다.

　애초에 혈우병 걸린 어린아이에게는 의사들보다 자상하고 인자한 아저씨가 건네는 말이 더 편안했던 셈이다.

　이후 니콜라이 2세와 황후 알렉산드라의 총애를 받게 되어, 종교와 외교, 심지어는 내정까지도 간섭하게 되었다.

그의 세력이 커지게 되자 이를 두려워한 황족들의 미움을 사게 된다. 또 일개 수도승 주제에 지나치게 정치에 간섭을 심하게 하자, 황녀 올가와 견원지간이 되어 버렸다. 그녀는 자신의 어머니인 알렉산드라에게 라스푸틴을 쫓아내라고 강하게 요구했으나, 라스푸틴을 맹신한 알렉산드라는 오히려 올가를 심하게 꾸짖었다. 이 때문에 올가와 황후의 사이는 좋지 않았다.

　지나치게 정치에 간섭했다고 해도 선정을 베풀었더라면 그렇게 미움을 받지 않았을 것인데, 정치에 간섭해서 세율 90퍼센트, 피의 일요일 사건 등 좋지 않은 일들이 계속해서 일어났다.

　라스푸틴은 원래부터 방탕하고 음란한 생활을 즐기고 있었는데, 황후 알렉산드라, 귀족 여성들뿐만 아니라 심지어 공주들과의 성추문이 끊이지 않았다.

　1916년 12월 20일, 펠릭스 유수포프 공작을 중심으로 라스푸틴 몰래 궐석재판을 진행했고 라스푸틴에게 사형을 선고했다.

　1916년 12월 30일, 유수포프 공작을 비롯한 반대파 황족들이 계략을 짜냈는데, 잔치에 초대해 청산가리가 든 케이크와 술을 먹이는 것이었다.

　그런데 즉사해야 할 인간이 죽지도 않고 노래를 부르고 춤을 추며 파티를 즐겼다. 결국 그 자리에서 유수포프가 라스푸틴을 총으로 쏘고서야 파티가 마무리되었다.

일이 끝나고 돌아가던 중 외투를 두고 온 유수포프가 외투를 찾으러 다시 연회장으로 들어갔다. 그런데 라스푸틴은 죽지 않았고 오히려 다시 돌아온 유수포프에게 달려들어 목을 졸라 죽이려 했다.

라스푸틴은 그 모습을 본 다른 황족들에 의해서 다시 총을 맞게 되었는데, 그는 여전히 죽지 않았고 파티장을 벗어나 달아나던 중 곤봉과 쇠사슬에 무자비하게 맞았으며 말에 묶여 네바강까지 질질 끌려갔다. 그래도 그는 여전히 죽지 않았다.

결국 라스푸틴은 꽁꽁 언 네바강 얼음 밑으로 던져졌다. 그리고 며칠 뒤 라스푸틴의 시체를 꺼내어 조사해 보니 치명상은 총상이었으나 그의 사인은 익사였다.

라스푸틴은 죽기 전에 편지를 하나 남겼다.

상트페테르부르크에서 이 편지를 남긴다.

나는 내년 1월 1일이 오기 전까지 살기 어려울 것 같다. 나는 러시아의 국민들과 러시아의 아버지, 어머니, 자식들이 다음과 같은 것들을 이해해 주기를 바란다.

만일 내가 내 형제와도 같은 러시아 국민들의 손에 죽게 된다면, 러시아 황제는 아무것도 두려워할 것이 없다. 왕조는 앞으로도 수백 년을 더 지속할 것이니까. 그러나 내가 만일 특권

총, 귀족들의 손에 죽어 그들이 나의 피를 솟구치게 만든다면, 그들의 손은 앞으로 25년간 피에 젖은 상태로 유지될 것이다.

그들은 러시아를 떠날 것이며, 25년간 형제들끼리 서로 죽이고 미워하게 될 것이고, 끝내 러시아에 귀족이 한 사람도 남지 않게 될 것이다.

러시아의 황제여, 만일 당신이 나 라스푸틴의 죽음을 알리는 종소리를 듣게 된다면, 당신은 다음을 명심해야 할 것이다.

만일 당신의 일족 중 누구라도 내 죽음에 연루된다면 2년 내에 당신의 일족, 가족과 자식들까지 모두 살아남지 못할 것이다. 그들은 모두 러시아 민중들에게 죽임을 당할 것이다.

나는 가지만 내가 사라진 이후 황제가 어떻게 해야 할지를 말할 책무를 느낀다. 반성하고 신중히 행동하라. 당신의 안전을 생각하고, 당신의 일족에게 내 피의 앙갚음이 있을 것임을 알려라.

나는 죽을 것이며 더 이상 살아 있는 자들과 함께하지 못한다.

기도하고 기도하며 마음을 굳게 가지며 당신의 가족을 생각하라.

그는 이런 예언과 저주 가득한 편지를 마지막으로 남겼다.

"이번 분기 대금입니다."

"감사합니다. 한데……."

"편하게 말씀하세요."

"혹시 군수품으로 지불하실 생각은 없으십니까?"

나쁜 조건은 아니었다. 오히려 물건으로 지불하는 것이 여러모로 좋았다.

"그럴 수는 있는데, 운송까지는 무립니다."

"아, 그렇습니까?"

세계는 운송에 난항을 겪고 있었다. 물건은 있지만 그 물건을 실어 나를 수 있는 선박이 턱없이 부족했다.

'선박을 건조하고 있기는 하지만…….'

사할린과 연해주를 오가기에도 부족했다. 연해주에서는 사할린과 교통을 편하게 만들기 위해 철도를 만들고 있었는데, 여기에 필요한 자재를 운송하기도 힘겨운 상황이었다.

'잠깐만. 꼭 유럽 쪽으로만 줄 필요는 없지?'

좋은 생각이 났다.

"방법이 있기는 합니다만……."

"그 방법이 뭡니까?"

"연해주나 사할린까지 운송해 드릴 수는 있습니다."

"아!"

원했던 것과는 다른 방법인지 아쉽다는 기색이 가득했다.

"제가 해 드릴 수 있는 최선의 방법입니다. 그 외에는 운송이 힘들 것 같습니다."

"허, 아국에서는 군수용품이 필요한데, 그래서야 너무 보급로가 깁니다."

"그럼 딱히 방법이 없군요."

"그렇습니까? 이건 제가 받은 지침과는 달라 논의 후 다시 말씀드리겠습니다."

러시아 주재관은 분납 대금을 받고 조심스럽게 나갔다.

'제의를 수락했으면 좋겠네.'

대찬의 기억 속 역사에선 현 러시아에 혁명이 일어나고 삼 시간에 기존 러시아가 사라졌다.

'하지만 여기에 변수를 조금 넣는다면?'

원하는 그림을 그려 보고 있었다.

"서명하시지요."

뉴칼레도니아를 할양한다는 문서에 서명을 하고 주고받았다.

"이로써 뉴칼레도니아는 존 씨 개인 영토입니다."

연해주 때와는 다르게 탈 없이 잔잔하게 이루어지자 약간

허무하다는 생각도 들었다.

'좋은 게 좋은 거지.'

계약서를 교환하고 덕원에게 눈치를 주자 자연스럽게 가방을 프랑스 인사 쪽에 넘겨주었다.

"미화 1천만 달러입니다."

상대는 가방을 받고는 한번 열어 보더니 고개를 끄덕였다.

"확인하지 않아도 되겠지요?"

"물론입니다. 의심되면 지금 확인해 보셔도 됩니다."

"아닙니다. 믿어 보지요."

"그런데 의궤는?"

"가지고 왔습니다. 지금 확인하시겠습니까?"

"좋습니다."

프랑스 인사가 자리에서 일어났다.

"가시지요."

건물 밖으로 나가자 트럭이 한 대 서 있었다. 이내 언질을 받았는지 커다란 상자를 끙끙대며 내리기 시작했다. 상자가 내려지자 지렛대로 상자를 개봉했다.

"확인해 보시지요."

"그럼."

사양치 않고 상자 안을 확인해 보자, 수많은 서적들과 갖가지 물건들이 가지런히 담겨 있었다.

"이게 전부입니까?"

"몇 번을 확인해 본 결과, 조선과 관련된 물품은 이게 전부입니다."

상대는 결백하다는 듯이 주장하며 목록표를 건네주었다.

"좋습니다. 그리고 지금까지 잘 보관해 주셔서 감사합니다."

프랑스 대사는 미묘한 표정을 지었다. 대찬의 말에 여러 가지 의미가 담겨 있었기 때문이었다. 표면적으로는 감사 인사를 건넨 것이었지만, 속에는 가시가 잔뜩 담겨 있었다.

"천만에 말씀. 그럼 다음에 기회가 되면 다시 뵙도록 하지요."

대찬은 떠나는 프랑스인들을 뒷모습을 보다 덕원에게 말했다.

"사모궁으로 보내세요."

"네."

지시를 내리고는 기다리고 있는 미국 정부와 이야기를 마무리 짓기 위해 이동했다.

"축하합니다."

미국 정부 인사는 축하 인사를 건넸다.

"감사합니다."

"뉴칼레도니아는 바로 독립을 원하십니까?"

대찬은 고개를 저었다.

'기반 시설이 아무것도 없는데 독립국가로 이름을 올리는

건 맞지 않다. 잘 알고 있을 텐데?'

아무것도 없는 땅이 국가라는 이름을 달고 있는 것 자체가 웃기는 일이었다. 그런데 이러한 질문을 한 건 이유가 있을 것이다.

"당분간 미국의 이름 아래에 있어야 할 것 같은데, 정부의 입장은 무엇입니까?"

"내려온 지침에 의하면…… 미연방의 한인 자치주로 만드는 것이 어떻겠느냐는 의견이 있습니다."

"한인 자치주라……. 그럼 46번째 주가 되는 건가요?"

"그렇습니다."

"그럼 처음에 약속했던 독립은?"

"원한다면 시간을 두고 천천히 해도 되지 않겠습니까?"

이야기를 듣고 대충 원하는 것에 대해서 감지할 수 있었다.

'필리핀처럼 이용하려는 속셈인가 본데?'

미국이 원하는 식민지는 경제적 식민지로서 자국의 경제에 도움이 되는 방향으로만 식민지를 운영하였다.

'문제는 앞으로 한인들이 주도적으로 개발하게 될 거란 점인데, 이게 이득인지 손해인지 분간할 수가 없다.'

당장에는 뉴칼레도니아가 미국이라는 이름 아래에 있어야만 했다. 이는 한인들이 외부에서 활동하는 걸 일본에서 반란군으로 규정했기 때문이었는데, 당장 보호해 주는 울타리가 없다면 영토를 빼앗겨도 하소연하거나 소유권을 주장할 수도 없었다. 이유는 단 하나였는데, 제국주의 시대이기 때문이었다.

말이 좋아 국제법, 국제 협상이지 실상은 힘 있으면 차지하고 그것을 인정받기 위한 협상만 존재했다.

'그럼 자치주로서 뉴칼레도니아를 운영한다면?'

할양받은 모든 영토는 기본적으로 대찬의 소유였다. 그 말인즉슨, 주인이 존재하기에 타인이 함부로 침범하거나 개발할 순 없지만 미국이라는 이름 아래 들어간다면…….

'분명히 시비 거는 사람들이 나오겠지.'

하지만 이러한 부분이 걱정이 되지는 않았다.

"좋습니다."

여러 가지 생각이 들기는 했지만, 어차피 결론은 나 있었다.

"잘 생각하셨습니다. 이제 마지막으로 채텀제도가 남았군요. 거기도 빠른 시일 내에 해결될 것 같습니다."

채텀제도 이야기가 나오자 대찬은 작은 걱정이 생겼다.

'거기는 완벽히 비밀 기지를 만들려고 했는데.'

그곳에 살고 있는 사람이라고 해 봤자 원주민들 몇몇을 제외하고는 거의 없는 것이나 마찬가지였다. 그렇기에 여러 가지 이점이 있었는데, 이제까지 참아 왔던 모든 욕망과 욕구를 그곳에서 마음껏 분출할 수 있어 기대하고 있었다.

아메리칸
드림

'차라리 이렇게 된 거, 채텀제도는 개인 사유지화해 버려야겠다.'

지금과 똑같은 상황이 벌어진다면 은밀하게 진행하고 싶은 일들을 할 수 없게 되니 사유지화하고 적극 통제하는 것이 현 상황에서 훨씬 유리하다는 판단이 내려졌다.

"무슨 생각을 깊이 하시는가 보군요?"

"아, 미안합니다."

"괜찮습니다. 다시 한 번 뉴칼레도니아를 할양받은 걸 축하드립니다."

"감사합니다."

인사를 끝으로 덕원에게 눈치를 주었고, 정부 인사들은 떠나기 전 품속에 넣을 수 있는 봉투 하나씩을 받았다.

모두 떠나고 홀로 남자 생각할 시간이 주어졌다.

"뉴칼레도니아는 어떻게 개발해야 하지?"

처음 이곳을 할양받아야겠다고 생각했을 때는 일본이 미처 날뛸 때 일본에 침략당하지 않기 위한 게 첫 번째 이유였다. 두 번째로는 적당한 면적, 마지막으로는 아주 유명한 관광지이자 휴양지로 좋았기 때문이었다.

"잠깐."

기억을 다시 복기하다가 좋지 않은 생각이 번뜩였다.

'미국 깃발을 달고 있다는 것이 변수네?'

뉴칼레도니아 역시 진주만과 똑같이 공습당할지도 모른

다.

'그러지 않기를 바라지만⋯⋯.'

기존의 역사와는 조금씩 틀어지고 있는 상황에서 어떠한 일이든지 가능성을 두고 생각해야만 했다.

'자치 정부는 허락받았으니 본토와 멀다는 핑계를 명분 삼고 자치군 양성을 꼭 해야겠다.'

이렇게 생각하니 굳이 PMC가 필요하지 않겠다는 생각도 들었다.

'그래도 PMC는 필요하지만⋯⋯.'

이런저런 생각을 하다가 끝은 하나였다.

'지금 당장 할 수 있는 것부터 하자.'

시간을 허투루 쓸 순 없었다.

"조금 더 계획적으로!"

대찬은 뉴칼레도니아를 어떻게 개발할지 계획서를 만들기 시작했다.

한창 일에 집중하고 있던 차에 노크 소리가 들렸다.

"들어오세요."

허락이 떨어지자 덕원이 들어왔다.

"손님이 오셨습니다."

"손님? 누구예요?"

미리부터 손님이라는 이름표를 달고 찾아오는 사람들은 앞서 몇 차례 걸러지기 때문에 대찬에게까지 보고되는 사람이 거의 없었다. 그래서 손님이라는 말에 의아했다.

"한지영 씨입니다."

"아!"

대찬이 미리 언질해 놓기를 지영이 찾아온다면 방문을 허락한다고 했다.

"안내하세요."

허락이 떨어지자 얼마 지나지 않아 사무실에 지영이 들어왔다.

'확실히 예전과 많이 달라졌어.'

당당하게 시선을 두며 자신감이 넘치는 발걸음으로 대찬을 향해 똑바로 걸어왔는데, 전에 보았던 수줍어하거나 소심한 모습은 온데간데없었다.

"안녕하세요, 강대찬 사장님."

활기차게 인사하고 지영이 먼저 손을 뻗었다.

'확실히 신여성이네.'

대찬 역시 자연스럽게 손을 잡아 악수를 하자 오히려 지영이 의외라는 듯 살짝 놀란 눈치였다.

"네, 안녕하세요, 지영 씨."

"확실히 사장님은 다르네요."

알 수 없는 소리였다.

"뭐가 다르다는 거지요?"

"제가 여성이기 때문에 악수를 청하면 남자들은 대부분 난색을 표하거든요. 그런데 사장님은 자연스럽게 악수를 하시네요?"

"하하, 그런가요?"

대찬은 인지하지 못하고 있는 사실이었는데, 가만히 생각해 보니 정식적인 악수는 아니었지만 여성을 대할 때 손을 위로 잡고 나누는 수인사가 존재했다.

"수인사는 있을 텐데요?"

"물론이죠. 하지만 여성들은 수평적인 관계를 원한답니다."

'사람마다 다를 텐데…….'

반박하는 말을 한다면 소모적인 이야기를 하게 될 것을 직감하고 대찬은 다른 화제로 돌렸다.

"자, 우리가 그런 이야기를 하려고 만난 것은 아니잖아요?"

"제가 너무 제 주장만 이야기했네요. 제가 사장님을 찾아온 것은 사장님의 생각이 궁금했기 때문이에요."

"어떤 것이 궁금한가요?"

"제가 경험했던 것을 동지들과 이야기하면 다들 놀라곤 하지요."

"어떤 경험이기에?"

"사장님과 관련되어 있답니다."

"뭔가요?"

"예전 사내 공모전 기억하세요?"

"당연히 기억하고 있지요."

"당시 사장님이 반응하셨던 모든 일들이 우리 단체에서 크게 회자되고 있어요."

곰곰이 생각해 봤으나 딱히 칭찬받을 일이 뭔지 알 수 없었다.

"이해가 안 되네요."

"여성 단체들이 주장하고 있는 것은 딱 한가지예요. 그런데 사장님은 여성이라는 편견 없이 저를 대한 것이었어요."

"그야…… 우리 회사 직원이었으니까요."

"맞아요. 사장님은 회사 직원들에게 남녀 차별 없이 똑같이 일한 만큼 월급을 지불하고 기회를 주시지요. 그 수혜자가 바로 저고요."

현재 미국에서는 피부색에 따라서 월급이 다르고 성별에 따라 다르며 마지막으로 나이에 따라 월급이 달랐다. 그럼에도 불구하고 사람들이 일자리를 포기하지 않는 이유는, 그나마도 하지 못한다면 먹고살 수 없었기 때문이었다. 그건 경제 상황이 좋은 지금도 여전히 비슷했다.

"그래서 저는 알 수 있었죠. 이 시대에 가장 평등한 사고방식을 가진 사람이 사장님이라는 것을요. 그리고 한 가지를 더하자면, 어느 순간 사모님이 사업을 하고 있었어요."

당연하다고 생각했던 것에 지영은 뜨거운 관심을 가지고

있었다.

'내가 너무 급진적이었나?'

지영의 말을 들어 보니 시대에 너무 앞서갔다는 생각이 들었고, 더불어 이것 때문에 자신을 좋지 않게 생각하는 사람이 있을 수도 있겠다 싶었다.

"그래서 사장님을 보자 묻고 싶은 말이 딱 하나 있었습니다. 영향력이 상당하시니 남녀평등을 위해 참정권을 지지해 주실 수 있으신지요?"

대찬은 답하기 전 궁금한 점이 생겼다.

"한 가지 질문을 할게요."

"무엇이든지요."

"지영 씨가 원하는 궁극적인 남녀평등 관계는 어느 수준인가요?"

"음, 그건……."

"설마 안일하게 참정권만 얻으면 된다고 생각하는 것은 아니겠지요?"

"물론이죠. 하지만 지금 당장은 여성들의 참정권이 필요하기 때문에……."

지영은 열변을 토하며 참정권을 얻어야만 한다고 주장했다.

"진정해요."

그녀는 그제야 자신이 너무 흥분했다는 사실을 깨달았는

지 숨을 고르기 시작했다.

"내 이야기를 듣고 생각해 봐요."

"네."

"일단 지영 씨가 원하는 대답, 남녀평등에 대해서는 찬성하는 입장입니다. 그런데 남성들이 하기 때문에 여성도 해야 한다는 논리가 과연 맞는 것인가는 생각해 봐야 합니다."

"왜 그렇죠?"

찬성한다는 입장 표명을 했을 때는 표정이 온화하게 변했다가 뒷부분에서는 날카롭게 반응했다.

"신체적으로 너무 달라요. 예를 들어 남성이 해야 되는 일이 있고 여성이 해야 되는 일이 있지요. 뭐 언젠가는 이것 역시 평등해질 것이라 예상하지만……. 간단하게 이야기해서 지금 탄광에서 일하는 사람들은 남성뿐이에요. 그런데 평등을 주장하며 탄광에 들어가서 일할 수 있겠어요?"

"네! 평등하기에 할 수 있습니다."

"물론이에요. 그런데 여성이 채굴 작업을 하면서 남성만큼 효율적으로 일할 수 있을까요?"

"그건……."

"그렇지 않겠죠? 그렇다면 이것 역시 남녀평등의 일환이에요. 반대로 여성만이 할 수 있는 일에 남성이 들어가서 비효율적으로 일하고 있다면, 그것 역시 맞지 않는 일이에요. 내가 하고자 하는 말은 남녀평등의 경계가 상당히 모호하다는 거지요. 할 수는 있지만 효율적이지 않기 때문에 하지 않는다. 그리고 원하지 않는다. 자, 앞으로 계속해서 남녀 구분 짓는 일이 생길 테고, 경계선은 꾸준히 유지되거나 새로 생기고 또는 없어지거나 할 텐데, 어느 선이 적정한 남녀 경계가 될까요?"

"생각해 봐야 될 것 같아요."

대찬은 피해 의식 속에서 극단적인 우월주의가 생기는 것에 대해서 경계했다.

"나는 공통적으로 할 수 있는 일에 대해서는 평등한 관계가 맞는다고 생각하고 있어요."

"공통적으로 할 수 있는 일?"

"대부분의 것들은 공통분모 안에 속해 있어요. 그런데 공통되지 않는 것도 있어요."

"그게 뭔가요?"

"출산이지요."

"출산……."

"남자는 아이를 낳지 못해요."

"그게 무슨 문제가 되나요?"

"글쎄요. 남녀가 평등해지면 출산으로 인해서 오히려 역차별이 생기지 않을까 싶네요."

"이해가 되지 않아요."

"마지막 말은 못 들은 것으로 하세요. 쓸데없는 소리를 한 것 같네요."

그러나 오히려 지영은 깊게 생각에 빠져 대찬의 말을 듣지 못한 것 같았다.

"사장님, 동지들과 다시 한 번 이야기해 주실 수 있나요?"

"글쎄요. 차라리 제 아내와 대화해 보는 것은 어떨까요?"

"사모님하고요?"

대찬은 고개를 끄덕였다.

"이만하면 내 대답은 충분한 것 같네요."

지영은 대화를 끝낼 때가 됐음을 느끼고 자리에서 일어났다.

"그런데 광복에 대해서는 어떻게 생각하나요?"

"광복요? 굉장히 원하고 있습니다."

"역사를 잊은 민족에게 미래는 없습니다. 여성운동을 하는 시간을 조금만 쪼개서 광복에 관심을 가져 주면 좋겠네요."

"알겠습니다."

면담이 끝이 나고 대찬은 한참 동안 찝찝한 마음이 있었다.

"쓸데없는 소리를 너무 많이 했어."

아 다르고 어 다르다고, 똑같은 말을 해도 사람의 입을 통하면 와전되고 자신이 생각하고 싶은 대로 생각하는 것이 사람이었다.

"이야기가 좋은 방향으로 와전되면 다행이지."

이미 입 밖으로 내뱉은 말을 회수할 수는 없었다.

"그래도 역사에 관심을 좀 가져 줬으면 좋겠어."

진심으로 관심 갖기를 바랐다.

회귀 전 뉴스를 보면 6.25 전쟁을 어디랑 했느냐는 질문에 성별에 상관없이 엉뚱한 소리를 하는 사람이 있었다. 자신이 어떻게 대한민국이라는 나라에서 살고 있고 어떠한 일을 겪고 통해서 지금만큼 살고 있는지 관심이 없는 사람이 많았다.

"사학자처럼 많이 알고 있으라는 이야기는 아니지만……."

최소한 알고 있어야 하는 역사 속 이야기에 생뚱맞은 대답을 하면 안 되는 것이다.

꼬르륵.

"벌써 밥때가 됐나?"

창밖을 보니 어두워지고 있었다.

"이만 갈까?"

퇴근을 위해 정리하고 외투를 챙겨 입기 시작하는데, 노크 소리가 들렸다.

"들어오세요."

"존!"

"스미스! 이게 얼마만이에요?"

"얼마만이긴, 상당히 오랜만이지."

"하하, 잘 지냈어요?"

"나야 늘 똑같지."

스미스의 말에 대충 예상이 되었다.

"그러다가 말라 죽어요."

"하하, 걱정하지 말라고, 아직 백 년은 끄떡없으니까!"

꼬르륵.

배 속에서 다시 한 번 밥 달라고 아우성을 쳤다.

"크큭."

스미스는 대찬의 배에서 나는 소리에 크게 웃어 댔다.

"식사했어요?"

"아니, 어서 식사하러 가자고, 이러다 존이 굶어 죽을 것 같으니까."

두 사람은 호텔 레스토랑으로 자리를 옮겨 이야기를 나누기 시작했다.

"요즘에는 뭘 개발하고 있어요?"

"사실……."

"사실?"

"그 문제 때문에 찾아온 거야."

"무슨 문제 있어요?"

"딱히 문제는 아니고, 뭘 만들어야 될지 모르겠네?"

최근 스미스는 계속해서 기존보다 좋은 제품으로 개량하는 것을 제외하고는 딱히 새로운 제품을 내놓지 못하고 있었다.

　　'만들 만한 가전제품이 뭐가 있지?'

　　현재 기술로 구현 가능한 제품들은 개발이 완료되었다고 해도 과언이 아니었다. 많은 종류는 아니었지만 더 많은 기술을 필요로 하는 전자레인지나 토스트기를 만들기는 힘들었다.

　　스미스도 능력은 뛰어난 사람이었다.

　　'그런데 창작의 능력이 떨어지는 게 흠이야.'

　　만들고 개량하는 것은 출중하지만, 발명가가 되기는 힘들어 보였다.

　　'이야기나 해 볼까?'

　　무언가 당장 만드는 것이 아니라 목표가 필요한 상황이었다.

　　"음…… 있잖아요."

　　"응? 좋은 생각이라도 났어?"

　　"하하, 그냥 아이디어가 떠올랐어요."

　　"뭔데?"

　　"대부분 빵을 주식으로 먹잖아요."

　　"그렇지?"

　　"그런데 식빵 같은 경우에 구워서 먹으면 더 맛있게 먹을 수 있잖아요."

"여러 가지로 응용할 수 있으니까. 그런데 좋은 생각이 빵 굽는 거야?"

"맞아요."

"그게 무슨 필요 있을까? 그냥 팬에 구우면 되는데."

"팬에 구우면 불도 필요하고 일일이 뒤집어 주어야 하잖아요. 그걸 줄여 보면 어떨까요?"

"어떻게?"

"그러니까 식빵을 잘라서 이렇게……."

대찬은 토스트기를 설명하기 시작했다.

주식으로 삼는 빵을 간단하게 구울 수 있는 기계가 가장 적절하고 많이 팔릴 거라 생각했다.

설명을 듣던 스미스의 자세가 점점 진지하게 바뀌어 갔다.

"……하는데, 만들 수 있겠어요?"

"연구를 해 봐야겠어."

찰나에 순간이지만 스미스는 깊게 생각하다가 벌떡 자리에서 일어났다.

"존, 다음에 보자고."

"또 봐요."

이러한 일이 일어날 것이라 예상했기에 놀라지 않았고 마저 식사를 했다.

입으로 계속 음식을 넣다 보니 심심하다고 느끼게 되었다.

'클럽이나 들렀다가 갈까?'

음악이 듣고 싶은 충동에 즉흥적으로 결정하고 클럽으로 향했다.

입구에 들어가자 대찬을 알아본 직원들이 시크릿 룸으로 안내했고 자연스럽게 들어가자 그사이에 맞이할 준비를 해 놨는지 닫아 놨던 창문을 열어 두었다.

"위스키 한 잔 부탁해요."

흑인 종업원은 허리를 숙여 긍정을 표시하고 곧 아이리시 위스키를 병째 가져왔다.

'한 잔이면 되는데…….'

하지만 딱히 언급하지 않았기에 그러려니 했다.

종업원은 병을 딴 후 대찬의 잔에 술을 채워 넣었다. 그러고는 한쪽에 가서 조용히 서 있었다.

꿀꺽.

한 모금 마시자 목구멍이 기분 좋게 쓸리는 느낌을 받았다.

"오랜만이야."

술을 마시는 경우가 거의 없었기에 피식 웃음이 났다.

'예전 같으면 밤이 새도록 소주를 목구멍에 부어 넣었는데 말이야.'

회귀 전 군 생활 당시에는 술을 안 마시는 날이 없을 정도였다.

'그립네.'

마침 지금 감성을 자극하는 감미로운 목소리가 귓가를 울렸다.

"와!"

대찬이 듣기에 '올드'한 느낌도 없었고 아주 감미롭게 느껴졌다. 그는 종업원과 눈을 마주치자 고개를 끄덕였다.

'눈치 엄청 빠르네.'

노래가 끝이 나고 기다림도 잠시 여성이 시크릿 룸에 방문했다.

"어서 오세요."

"안녕하세요."

여자는 이윽고 멀뚱히 서서 대찬을 바라보기만 했다.

"앉아요."

대찬이 자리를 권하자 그제야 맞은편에 앉았다.

"나는 존 강이라고 해요. 이름이 뭐죠?"

"베시 스미스라고 합니다."

"베시라고 불러도 되겠죠?"

"네."

"실은 부탁이 있어서 이 자리를 요청했어요. 무례가 되지 않는다면 내 부탁 하나만 들어줄래요?"

베시는 살짝 겁먹은 듯한 표정을 지었지만 이내 고개를 끄덕였다.

"어려운 건 아니에요. 내가 부르는 노래를 한번 불러 줘 요."

"노래요?"

"네. 아! 아!"

가수 앞에서 창피당하지 않으려고 목을 푸는 시늉을 하고 노래를 불렀다.

"오늘 밤 바라본 저 달이 너무 처량해……."

가장 좋아하는 노래를 베시의 앞에서 불렀다.

"하하, 실력이 형편없죠?"

"아니에요. 그런데 누구 노래예요?"

'아차!'

어쩌면 이번 일로 원가수가 부르지 못할 수도 있다는 생각 이 들었다. 더군다나 이 시대에 대찬을 제외하고는 이 노래 를 아는 사람이 없었다. 땀을 삐질삐질 흘리며 어떻게 둘러 댈지를 고민했다.

"사장님은 음악에도 조예가 깊으시군요!"

"하, 하."

웃는 것 빼고는 답할 길이 없었다.

"한번 불러 볼게요!"

베시는 노래를 부르기 시작했다.

'원곡 가수의 느낌은 아니지만 영어로 불러 색다르군. 그 리고 정말 목소리 좋다. 여기에 피아노 반주만 더했으면 좋

겠다.'

이 시대의 특유의 창법이 더해져 노래는 나름의 독특한 매력을 뽐내고 있었다.

노래가 끝나자 대찬은 박수를 쳤다.

"하하, 감사합니다. 사장님, 그런데 노래 제목이 뭐예요?"

"서울, 아니, 한양의 달, 한양의 달이에요."

"아! 새한양을 말하는 건가요?"

"비슷합니다."

대찬은 다른 노래도 듣고 싶은 욕망이 강하게 생겼지만, 계속 마음에 걸리는 것이 있었다.

'그래도 될까?'

당장 듣고 싶은 것과 남의 것을 지켜 줘야 된다는 마음이 서로 싸워 댔다.

'아니야, 여기까지만 하자.'

사실 듣고자 하는 노래를 만들려고 한다면 얼마든지 만들 수 있다. 하지만 노래는 원곡 가수가 불러야 그 느낌이 났다.

"베시, 고마워요. 이만 가 봐도 돼요."

자리를 일어나 떠나는 그녀는 아쉬운 듯이 나가지 못하다가 결심했는지 질문했다.

"사장님, 혹시 그 노래를 제가 불러도 될까요?"

"그게……."

선뜻 그러라고 대답할 수 없었다.

'어떻게든 노래는 번지겠지?'

지금 부른 노래를 비밀로 한다고 해도 퍼지지 않으리라는 보장이 없었다.

"그렇게 하세요."

원곡 가수에게는 미안한 일이었지만, 이미 벌이진 일이었다.

'그런데 나도 웃기다. 내가 발명하지 않았더라면 다른 사람들이 내가 가진 부를 나눠 가지고 있을 텐데 노래만큼은 지켜 주려고 하는 게 참 이중적인 것 같네.'

"감사합니다."

싱글벙글하며 떠나는 베시를 보고 허탈한 웃음이 났다.

'사고 쳤네.'

고개가 절로 절레절레 흔들어졌다.

며칠 뒤, 샌프란시스코에서는 '한양의 달'이라는 노래가 히트를 쳤다. 베시의 목소리도 한몫했지만, 감수성을 자극하는 노랫말이 크게 호응받으면서 갑자기 많은 사랑을 받게 되었다. 그러면서 덩달아 대찬까지 많은 관심을 받았다.

"존 사장님이 작사, 작곡하신 노래입니다."

이렇게 베시가 노래를 부르기 전에 항상 대찬을 언급했는데, 샌프란시스코에 클럽을 소유한 '존 사장님'은 대찬이 유일했기 때문에 관심의 화살은 다른 곳으로 새지도 않고 곧장 대찬에게 향했던 것이다.

"부담스러워!"

대찬은 사업적인 관심이라면 절대 사양하지 않겠지만 음악으로 관심을 받게 되자 많이 부담스러워했는데, 여기에 대찬을 더 괴롭히는 것이 있었다.

"대찬! 노래 불러 줘요."

단둘이 있을 때면 어김없이 엠마가 노래를 불러 달라 조르기 시작했던 것이다.

벗어날 수 있는 방법이 딱히 없어 정말 곤란할 때만 한 번씩 불러 줬다. 엠마는 그럴 때마다 대찬을 사랑스럽게 바라보며 킥킥 웃어 댔다.

주영은 연해주에 도착한 후부터 잠을 제대로 자 본 적이 없을 정도로 바쁘게 지냈다.

"일단 철도를 이렇게 깔고……."

대찬이 만들어서 건네준 계획표대로 차근차근 만들어 가기 시작했는데, 하면 할수록 일이 늘어나 줄어들지 않았다. 만약 광복군에서 행정에 일가견 있는 인물들이 오지 않았다면, 이미 과로로 쓰러져도 이상하지 않을 정도의 업무량이었다.

한참 나홋카와 블라디보스토크를 오가며 항구와 철도의 현장을 관리하던 주영은 최근 난감한 일이 생겼다.

"오늘 남는 자리가 없음메?"

"그러니 일찍 오라 하지 않았음둥?"

"그럼 우리 가족은 어떻게 먹고살 수 있음메?"

연해주가 할양되면서 사람들이 살고 있는 터전을 버리고 연해주로 탈출했는데, 그로 인해 일자리가 부족해지기 시작했던 것이다.

날이 가면 갈수록 국내에서 살기가 퍽퍽해졌다. 그런 상황에서 가까운 데 새로이 한인들이 안전하게 살 수 있는 곳이 생겼고 임금도 넉넉하게 준다는 말이 돌았다.

살기 위해서 너도나도 탈출을 감행하기 시작했다. 이를 막기 위해 일본은 다수의 헌병들을 파견했지만 워낙 많은 수가 탈출했기에 역부족이었다.

주영은 지금 현상을 보고 다음 계획을 실행할 때라는 것을 알 수 있었다.

"어디 보자."

계획서를 꺼내서 보자 일자리가 부족해졌을 때 어떻게 행동하라는 지침이 한가득 채워져 있었다.

"철도를 여러 곳에서 만들기 시작하고, 항구 확장을 하며 농사를 지을 수 있게 유도하라는 말이지."

주영이 달력을 확인해 보니 농사를 시작해야 할 때가 머지 않았음을 알 수 있었다.

"농사를 지으려면 지금부터 개간해야겠네."

주영은 곧바로 사람들에게 알리기 시작했다.

"농사를 할 사람들은 지금 개간해서 준비하세요. 종자는 무료로 지급해 드리겠습니다."

철도 공사를 하는 사람들은 가족들을 독촉해 일정 구역을 배분받고 농사를 짓기 위해서 서둘렀다. 파종 시기가 머지않았기 때문이었다.

다음으로는 나홋카의 항구 확장에 많은 인력들을 노동자로 부렸다. 그럼에도 불구하고도 일자리가 부족하자 동시다발적으로 각지에 사람들을 보내 철도 공사를 시작했다.

그러자 일을 달라는 하소연이 줄어들기 시작했고 점차 한인들이 살기 좋은 곳으로 소문이 났다.

일본은 한인들의 이탈 현상이 점차 심화되자 간도와 연해주의 국경선을 봉쇄하고 이탈을 강력하게 막기 시작했지만, 역부족이었다.

마지막 수단으로 실탄을 사용하며 위협하고 본보기로 몇몇을 죽였다. 그러자 사람들은 만주를 통해 돌아가는 방법을 택하는 등 여러 가지 방법을 동원하여 벗어났다. 결국 일본은 병력 부족으로 이탈을 막을 수 없었다.

베시가 부른 노래가 크게 인기를 얻으면서 음반을 만들어서 판매하자는 제의가 사방에서 쏟아진단 소식을 들을 수 있었다.

"그래서 어떻게 하기로 했대요?"

"사장님의 허락 없이는 그럴 수 없다며 모든 제의를 물리치고 있다고 합니다."

"흠……."

될 수 있으면 이대로 묻히기를 원했지만 일단 흥행하고 있는 노래가 조용히 사라지는 건 불가능해 보였다.

'이럴 바에야 차라리 음반 회사를 하나 만드는 게 낫겠다.'

문화 사업이 앞으로 대박을 칠 것이라는 사실을 너무나 잘 알고 있었기에 조금의 망설임도 생기지 않았다.

"포리스트 씨가 음성 드라마 제작도 하고 있죠?"

"맞습니다."

"포리스트 씨에게 베시의 음반 제작을 맡아 달라고 전해 주세요."

"네."

'이왕 이렇게 된 거 판을 키워 볼까?'

인간의 삶에 절대 빠지지 않는 것들 중 하나가 음악이었다.

'특히 저작권.'

수많은 특허를 보유하고 있는 대찬은 저작권이 얼마나 많은 이익을 가져다주는지 알고 있었다.

'방송에서 누군가 그랬지, 미국에서 랩퍼가 뜨게 되면 그 동네 사람들이 다 먹고산다고.'

앞으로 미국은 콘텐츠의 왕국이 될 것이다. 벌써 음성 드라마의 판매량이 지속해서 상승하고 있었다.

대찬은 영화사를 먼저 만들 생각을 했었다. 하지만 그때 문득 드는 생각이 있었다.

'포리스트 씨가 유성영화 장비를 개발하고 있으니, 영화사는 그다음에 만들기로 하고, 앞으로 TV가 나왔을 때 바로 방송할 수 있게 미리 콘텐츠를 확보하는 것이 어떨까?'

이런 생각으로 먼저 라디오 방송에 집중했고 콘텐츠를 확보하기 위해 노력했다. 그 결과 현재는 드라마 작가가 되겠다고 원고를 들고 방송국을 찾아오는 사람들이 생기기 시작했고, 순조롭게 콘텐츠 확보가 되어 가고 있는 상황이었다.

"그런데 내가 그걸 기다려야 하나?"

유성영화를 개발하고 있고 이미 라디오에 상당한 기술력을 가지고 있는 포리스트가 있는데 남이 TV를 개발하기를 기다리고 있다는 사실이 조금은 웃기게 다가왔다.

"덕원 씨, 차 준비시켜요."

샌프란시스코의 외곽 지역의 넓은 땅에는 높은 송수신 탑이 하나 서 있었는데, 거기에 SBC라는 이름이 달려 있는 건물이 있었다.

"잘 지어 놨어."

차창을 통해 보이는 건물을 바라보고 있으니 뿌듯한 게 기분이 좋았다.

차는 빠르게 방송국에 도착했고 차에서 내리자 많은 사람들이 기다리고 있었다.

"사장님, 어서 오십시오."

포리스트가 마중 나와 있었는데, 대찬은 고개를 갸웃거렸다.

'알린 적이 없는데?'

방문 사실을 알고 대기하고 있는 것에 대해 이상함을 느꼈다.

"어떻게 알고 기다렸어요?"

"방문 전화를 받고 기다렸습니다."

대찬이 고개를 돌려 덕원을 바라보자 고개를 끄덕였다.

'앞으로는 알리지 말라고 해야겠다.'

간단히 포리스트와 대화를 나누다가 돌아갈 생각을 했었는데 방문 사실을 미리 통보한다면 마중 나와 있는 사람들이 자신의 일을 못하니 극히 비효율적이었다.

이후 대찬의 예정에는 없었지만 방송국을 시찰하게 되었는데, 최근 인기 있는 음성 드라마의 목소리 주인공들을 볼 수 있어 신기한 느낌이 들었다.

그렇게 한 바퀴 돌아 마지막이 되자 포리스트의 사무실에 도착할 수 있었다.

"방문 목적은 이게 아니었는데, 의도치 않게 시찰까지 하게 됐네요."

"한 번쯤은 둘러보셔야 했잖습니까?"

"그것도 그러네요."

사실 대찬의 사업체 방문은 흔한 일이 아니었다. 암살 위협이 늘어남과 동시에 그다지 외출을 선호하지 않게 됐고, 그 때문에 방문하지 않은 사업체도 꽤 되는 편이었다.

'모든 것을 솔직하게 이야기할 필요는 없으니까.'

원하든 원하지 않았든 소유하고 있는 사업체이니 이렇게 둘러보는 것도 나쁘지 않았다.

"사실 방문한 목적은 포리스트 씨에게 몇 가지 의논하고 싶은 게 있기 때문입니다."

"경청하겠습니다."

"그러니까, 지금 방송은 무선으로 전파를 보내 음성으로 하고 있잖아요?"

"맞습니다."

"그렇다면 영상도 보낼 수 있지 않을까요?"

새로운 사실을 깨달았다는 듯이 포리스트의 표정은 놀라움으로 가득했다.

"충분히 가능성 있는 이야기입니다!"

"그렇지요? 제 생각이 틀리지 않았네요."

사실이 TV의 존재를 알고 있었으니 대찬에게는 너무나 당연한 것이었지만, 라디오 방송이 제대로 된 역할을 시작한 지 얼마 되지 않았기에 지금은 라디오 방송조차 굉장히 신기하고 대단한 것이었다.

"어떻게 그런 생각을 하셨습니까?"

"하하, 사실 영화를 보고 라디오를 듣다가 집에서도 볼 수 있으면 좋겠다는 생각을 했어요."

"그러셨군요. 한번 연구해 보겠습니다."

"그리고 베시 스미스라고 아시나요?"

"물론입니다. 요즘 가장 화제가 되지 인물입니다. 더불어 사장님의 인기도 상당합니다."

"그런가요? 하여튼 베시의 음반 제작을 해 볼까 하는데, 어떻게 생각하나요?"

"그렇지 않아도 제가 건의드리려고 했습니다. 몇 번 초대해서 노래를 부른 적이 있는데, 반응이 좋았습니다."

"좋습니다. 그럼 부탁드리지요."

"하하, 맡겨 주십시오."

"참, 토키의 개발 상황은 어떻습니까?"

"많이 진전되었습니다. 조만간 보고드릴 일이 생길 것 같습니다."

"좋아요. 기대하지요."

대찬은 계획했던 소기의 목표를 달성하고 방송국을 떠났다.

'오늘은 일찍 집에 가 볼까?'

퇴근 시간에 가까워지고 있었기에 사무실로 복귀하기보다 바로 퇴근길을 택했다.

"응?"

집에 도착해 보니 응접실에서 평소에 볼 수 없는 광경이 펼쳐지고 있었다.

"아, 오셨어요?"

엠마는 입으로는 반갑게 맞이했지만 몸은 고정된 자세로 움직이지 않았다. 이유는 초상화를 그리고 있는 중이였기 때문에 움직이기 곤란했던 것이다.

대찬은 화가 뒤쪽으로 가서 한창 그리고 있는 그림을 보았다.

'실력이 무척 좋네?'

조용히 뒤에서 그림을 그리는 것을 지켜보고 있자 시선을 느꼈는지 화가는 슬쩍 뒤돌아봤는데, 중년이라고 하기에는 나이가 더 먹은 것 같았고, 노인이라고 하기에는 좀 애매하게 보였다.

그림이 완성되기까지 시간이 오래 걸리는 것을 알았기에 대찬은 적당히 구경을 하다가 한쪽으로 가서 책을 읽기 시작했다. 구경만 하기에는 너무 지루한 작업이었다.

상당한 시간이 흐르고 닫혀 있던 화가의 입이 열렸다.

"오늘은 여기까지만 하지요."

화구를 챙기기 시작하자, 대찬은 책을 덮고 화가에게 갔다.

"반갑습니다. 존입니다."

"로버트입니다."

간단하게 악수를 하고 로버트는 다시 자신의 화구를 챙겼다.

"부인, 내일 다시 뵙죠."

로버트는 인사를 하고는 무심히 떠났다.

"엄청 무뚝뚝한 사람이네요?"

"호호, 그렇죠? 근데 엄청 유명한 사람이에요. 힘들게 초빙했어요."

"그래요? 풀 네임이 뭐예요?"

"로버트 헨리 코제트요. 뉴욕에서 미술학교도 만들었고, 굉장히 유명하신 분이에요."

대찬은 어깨를 으쓱였다.

"누군지 모르겠네요."

"유명한 화가예요."

"그렇군요."

대찬은 미술에서 문외한이나 다름없었기에 누군지는 모르

겠지만 지켜본바 그림 실력은 상당했기 때문에 유명할 것이라 예상은 했었다.

"대찬도 그려야지요?"

"음, 음…… 그게…….."

"안 돼요! 이건 양보할 수 없어요."

"사진으로 안 될까요?"

"절대 안 돼요!"

엠마에게 집안 살림에 대해서 권한을 위임한 이후 집안 분위기가 조금씩 달라졌는데, 하나부터 열까지 마음에 들지 않는 부분을 직접 바꾸기 시작했다. 이어 대찬에게 요구하는 것이 생기기 시작했는데, 초상화 역시 그 요구 중에 하나였다.

역사 속의 인물이 교과서에 나와 말을 타고 손에 들고 있는 칼이 하늘을 찌를 듯이 하고 있는 모습을 보면 그러려니 하고 넘어갈 수 있다.

'부끄럽다고!'

그러나 직접 그림 속에 당사자가 되어야 함을 느꼈을 때는 무한한 부끄러움을 느꼈다. 그래서 엠마를 붙잡고 통사정을 해 보았으나 요지부동이었다.

"가문의 역사예요. 무조건 해야 돼요!"

대답을 듣고는 이마를 짚었다.

'으! 정말 싫은데.'

속마음을 아는지 모르는지 엠마가 물었다.

"언제 시간 낼 거예요?"

"……."

"이번 주말에 하는 걸로 알게요."

어차피 선택권은 없었다.

아메리칸
드림

백정

"책임자로 누구를 보내지?"

뉴칼레도니아를 개발할 책임자를 보내는 것으로 깊게 고민을 했다.

"포용력이 없는 사람을 보낼 수는 없는데……."

현재 뉴칼레도니아는 복잡했다. 프랑스 영토였기 때문에 현지에서는 원주민 언어와 프랑스어가 공존하고 있었는데, 이번에 미국 영토가 되면서 앞으로는 영어를 추가해야 했다.

또 한인들이 들어가서 지낼 것이었기 때문에 한국어까지 포함될 것이다. 그럼으로써 뉴칼레도니아는 총 네 가지 언어를 쓰게 되는데, 도태되어 사라지지 않는다면 혼용되어 사용할 가능성이 농후했다.

프랑스가 기존에 살고 있는 사람들을 소개할 때 응하지 않은 사람도 있을 테니, 앞으로 다양한 민족이 공존해야 한다. 개발 책임자가 포용력이 부족하다면 큰일이 벌어져도 전혀 이상하지 않은 곳이었다.

"그나마 인구수가 많지 않아서 다행이야."

볼펜을 손가락으로 돌리며 책임자 선택을 신중하게 생각하고 있었다.

"철영이 형이 딱인데!"

포용력은 충분했고 가볍지 않고 생각이 깊었기에 책임자로서 적합했지만 한 가지 문제가 있었다.

"보내고 나면 사업체 관리에 구멍이 뚫리는 게 문제야."

아직까지 철영을 대신할 만한 인재가 없었기에 쉽게 보내겠다는 생각을 할 수 없었다.

"누가 좋을까?"

고민하고 있었지만 떠오르는 인물이 없었다.

"주영 씨는 연해주로 갔고 지번 씨는…… 지번 씨?"

매사 조용하고 묵묵히 맡은 일에 대해서 만전을 기하는 사람이었다. 대찬의 비서로 지냈었지만 같은 시기에 똑같이 비서로 지낸 주영에 비해 교류가 상당히 적은 편이었다. 현재는 적당한 사업체를 맡아 일하고 있었다.

"물어볼까?"

철영이라면 지번에 대해서 잘 알고 있을 터였다.

수화기를 들고 전화를 걸자 얼마 지나지 않아 목소리가 들려왔다.

-여보세요.

"철영이 형, 나예요."

-사장님?

"맞아요. 물어보고 싶은 게 있어서 전화했어요."

-말씀하세요.

"지번 씨는 어떤 사람이에요?"

-과묵하고 성실한 사람입니다.

"뉴칼레도니아 책임자로 보내면 어떨 거 같아요?"

-성격상 무난할 것 같습니다.

"반대 의견은요?"

-사교성이 부족해서 활발한 사람을 비서로 붙여 보내면 좋을 것 같습니다.

"혹시 지번 씨 외에 추천할 만한 사람이 있나요?"

-그 외에는 유일한 씨가 적당할 것 같습니다.

"일한 씨는 아직 대학 다니는 걸로 알고 있어서 안 되겠네요."

유일한도 생각을 했었지만 아직 학업을 해야 될 때라 인선에서 제외했었다.

-그렇다면 딱히 어울릴 것 같은 사람이 없네요.

"알았어요. 조언 고마워요."

철영과의 대화로 마음을 굳히자 전화기를 들어 지번을 호출했다.

얼마 지나지 않아 지번이 찾아왔다.

"찾으셨습니까?"

"맞아요. 자리에 앉아요."

지번이 자리에 앉자 본격적으로 얘기를 시작했다.

"요즘 생활 어때요?"

"좋습니다."

"사업체는 문제없고요?"

"그렇습니다."

확실히 과묵한 성격이었다. 모든 질문에 단답으로 대응했다. 대찬은 단도직입적으로 물었다.

"주영 씨가 연해주 개발 책임자로 발령받은 것은 알고 있지요?"

"그렇습니다."

"그래서 이번에 뉴칼레도니아 책임자로 지번 씨가 가 주었으면 하는데 어떻게 생각해요?"

"꼭 가고 싶습니다."

대찬은 놀랄 정도로 지번의 표정이 확 달라졌다.

'경쟁심인가?'

주영과 지번은 동기라고 봐도 무방했다. 똑같이 비서 생활을 했고 똑같이 사업체를 맡아 운영했으나 주영이 먼저 연해주를 맡아 책임자로 갔다. 그에 대한 경쟁의식이 있는 것 같 았다.

"연해주와는 달라요."

"알고 있습니다."

"네?"

"가장 걱정하시는 부분이 민족 간의 갈등이지 않습니까?"

대찬은 확신을 가질 수 있었다. 그래서 고개를 끄덕이고는 서류를 꺼내 지번에게 건네줬다.

"개발 계획서예요."

"감사합니다."

몇 가지 지시 사항을 이야기해 주자, 지번은 그대로 꾸벅 인사를 하고는 사무실을 나갔다.

"흥미로워."

두 사람의 경쟁심이 기대되었다.

"와! 이번에도 엄청 들어왔네."

US스틸 지분에 따른 배당금이 나왔는데, 전년에 비해서 두 배가 살짝 모자라는 금액이었다.

"도대체 얼마를 벌어들이는 걸까?"

대찬 역시 꾸준히 벌어들이는 돈이 적지 않아 벌써 소비했던 자금이 대부분 회복되고 있었다. 거기에 이번 배당금으로 연해주 협상 직전의 자금을 넘어선 상황이었다.

'쓸데가 없는데 전쟁 채권이나 더 사 둘까?'

이미 1차적으로 투자해 둔 자금이 적지 않았지만, 협상국은 전쟁으로 여전히 자금난에 허덕이고 있었기에 좋은 투자처였다.

똑똑.

"들어오세요."

사무실에 들어오는 사람은 제레미였다.

"잘 지내셨습니까?"

"물론이에요. 제레미도 잘 지냈죠?"

"그렇습니다."

"바쁠 텐데 웬일이에요?"

퀸샬럿제도의 조선소는 일거리가 많아 상당히 바쁜 걸로 알고 있었다.

"보고드릴 게 있어서 오게 되었습니다."

대찬의 눈은 진지해졌다. 직접 찾아와서 보고한다니 상당히 중요한 내용일 것이다.

"말해 보세요."

"퀸샬럿제도 분위기가 이상합니다."

"분위기가 이상하다니요?"

"아무래도 KKK단의 영향인 것 같습니다."

잠잠하게 마찰이 없었기에 신경 쓰지 않고 있었던 KKK단이 언급되자 대찬의 미간이 찌푸려졌다.

"정보의 출처는요?"

"퀸샬럿제도 현장 노동자들입니다."

조선소는 상당한 크기였기에 많은 노동자들이 필요했다. 그래서 피부색에 상관없이 채용했는데, 캐나다 특성상 백인들이 압도적으로 많았다.

"문제가 뭐라고 합니까?"

"평등입니다."

"네?"

"유색인종과 똑같은 대우를 받는 것이 납득되지 않는다고 합니다."

황당한 이유였다.

"대응책은 생각해 봤나요?"

"아무리 생각해 봐도 행동을 취한다면 역효과만 날 것 같습니다. 마땅한 방법이 생각나지 않아 사장님을 찾아온 것입니다."

"끄응……."

미국이라면 어떻게는 손을 써 볼 수 있었겠지만, 캐나다로 가면 비교도 되지 않을 정도로 영향력이 형편없었다.

'방법이 없나?'

KKK단과 엮이는 것은 아주 민감한 일이었다. 모든 권력을 쥐고 있는 백인들과 척을 진다면 지금까지 순탄하게 진행되고 있는 것들이 어떻게 뒤집어질지 알 수 없었다.

'제레미 말처럼 대응도 할 수 없고……'

퀸샬럿제도가 사할린과 연해주를 연결하는 통로가 되고 있었기에 한인들을 뺄 수도 없었다. 그렇다고 다수를 차지하고 있는 백인들을 해고한다면 인력 수급에 문제가 생긴다.

'백인 우대 정책을 펴는 것은 절대 불가!'

이러지도 저러지도 못하는 진퇴양난이었다.

"혹시 주동자는 파악해 두었습니까?"

제레미는 고개를 저어 모른다고 표현했다.

"그런데 그들은 조선소의 주인이 저라는 사실을 알고 있습니까?"

"아마 알고 있을 것입니다."

"방법을 찾아보지요."

"알겠습니다."

대찬은 혼자서 머리를 싸매며 상황을 해결할 방법을 강구했다.

'미친 백인 우월 집단!'

아무리 생각해 봐도 그들의 요구를 들어주지 않는다면 끝이 날 것 같지 않았다.

'다음에 또 어떤 요구를 할지 모르니 문제인 거지!'

처음 한 번이 어렵지 두 번부터는 쉽다는 말이 있다. 대찬은 이번 일로 끝이 나지 않을 것이라는 걸 너무나도 잘 알고 있었다.

'일단 나는 해결을 못해. 그럼 해결해 줄 수 있는 사람은 누굴까?'

그때 캐나다의 누군가가 떠올랐다.

'로버트 보든!'

캐나다에서 가장 강력한 힘이 있는 그를 움직일 수 있다면, 지금 사태를 쉽게 무마할 수 있을 것이다.

'그럼 사울을 통해야 하는데…….'

보좌관으로 있는 사울이 대찬이 닿을 수 있는 캐나다 최고의 권력가였다.

'뭘 줘야 할까?'

정치가에게 아무런 대가도 없이 도와 달라고 청하는 일만큼 멍청한 짓은 없었다.

'결국 돈밖에 없는데, 그냥 주기는 그렇고 채권을 사 주면 되려나?'

세계의 모든 부가 미국으로 몰리고 있었기에 타국에서는 자금난이 심각한 상황이었다. 게다가 캐나다 역시 참전국 중에 하나였기에 자금이 부족할 것이다.

'그리고 내가 직접 나서는 것보다 에릭을 보내는 것이 좋겠어.'

직접 나서면 여러 가지로 지고 들어가는 입장이 된다. 퀸샬럿제도가 그만큼 중요한 역할을 하고 있다는 것을 알리는 꼴만 되기에 단호한 입장 정리가 필요할 것 같았다. 더욱이 뉴칼레도니아가 확보되었기에 물자를 보급하는 데 이동 경로가 길어지기는 하지만 차선책이 준비된 상황이었다.

'기름값도 싸고……. 수틀리면 다 옮겨 버리지 뭐.'

에릭을 호출하자 얼마 지나지 않아 도착했다.

"부르셨습니까?"

"네, 자리에 앉아요."

대찬은 제레미가 보고한 것을 여과 없이 이야기했다.

"또 KKK단입니까?"

"그렇게 됐네요."

"부끄러워 죽겠습니다. 피부색이 뭐라고……."

어깨를 으쓱이는 것으로 대답했다.

"에릭이 캐나다에 한번 갔다 와야 할 것 같아요."

"알겠습니다. 제가 뭘 하면 되겠습니까?"

"총리의 보좌관 사울 아시죠?"

사할린을 협상할 당시에 에릭은 미국 정부 소속으로 파견 나와 대찬을 보조하는 역할을 했었다.

"알고 있습니다. 사울을 만나서 협상하면 되는 것입니까?"

"맞아요. 협상은 전쟁 채권을 적당히 사 주는 것으로 하고, 수위를 넘어서면 퀸샬럿제도에서 철수할 것입니다."

"철수하면 어디로 옮기실 생각이십니까?"

"마침 좋은 곳이 생겼잖아요?"

"아! 알겠습니다. 그럼 준비되는 즉시 출장 다녀오겠습니다."

"부탁해요."

간단히 담소를 나누다 에릭이 떠나자 대찬은 퇴근 준비를 했다.

'도대체 어떻게 견디고 살았지?'

해외로 이민 가 살았던 교포들이 새삼 불쌍하게 느껴졌다.

슥슥.

서명을 마침으로 지지부진하게 진행되던 채텀제도의 할양이 마무리되었다.

"축하합니다."

뉴질랜드 대사가 간단히 인사를 나누고 대금을 받아 떠나자 마지막에는 정부 인사들만 남게 되었다.

"서명부터 할까요?"

대찬의 말에 협정서가 나왔고 익숙하게 서명을 했다.

"휴, 드디어 끝났네요."

안도에 한숨을 내쉬자 이름 모를 미국 인사가 빙그레 웃었다.

"채텀제도는 어떻게 사용하실 생각이십니까?"

"아, 개인 사유지처럼 쓸 생각입니다."

"하하, 굉장히 큰 별장이 되겠습니다. 그렇다면 따로 관리하실 테니 정부에서는 간섭할 필요가 없을 것 같군요."

가장 원했던 말이었다.

누구의 관심도 받지 않는, 가장 비밀 유지가 잘되는 장소를 원했다.

"그런데 우리는 정식으로 인사한 적이 없는 것 같네요? 알고 계시겠지만, 저는 존 D. 강입니다."

"아, 그렇군요. 프랭클린, 프랭클린 D. 루스벨트입니다."

'헉!'

"그럼 전대 대통령하고 관계가?"

"제 삼촌이십니다."

대찬이 놀란 이유는 두 가지였다. 하나는 상대가 루스벨트 가문의 사람이라는 것이었고, 또 다른 하나는 눈앞에 있는 사내가 2차 대전 당시 미국의 대통령이라는 것을 알고 있었기 때문이었다.

'대박! 이게 웬 횡재야!'

처음에는 정부 파견 인사로 다른 사람이 왔었다. 하지만 연해주 할양 건 이후로는 프랭클린이 지속적으로 파견되어 왔다. 그저 일개 공무원으로 생각했기에 간단히 이름만 아는 관계였다. 그래서 마지막에 돼서야 풀 네임을 물어본 것이다.

'이대로 보내기는 아쉬워.'

미래의 대통령과 친분을 만들 수 있는 기회를 놓치고 싶지 않았다.

"식사라도 한 끼 같이하시겠습니까?"

"음, 좋습니다."

저녁을 먹으며 이야기해 본 결과 프랭클린은 그다지 사교적이지 않은 사람이었다. 하지만 흥미로운 얘기가 나오면 경청하는 모습이 탁월했기에 대찬은 대화를 이끌며 편안하고 즐거운 분위기를 만들었다.

"해군차관보를 하고 계신데 파견되어 나오셨네요?"

"어쩌다 보니 이렇게 되었습니다."

분위기가 무르익어 정보를 살짝 얻어 보고자 능청스럽게 했던 질문에 애매모호한 답을 했다.

'자세한 것은 모르겠지만 긍정적인 상황이겠지?'

책임자로 파견된 것을 보아 프랭클린이 계획을 세우고 각국의 협상을 주도했을 것이라 예상되었다.

"그런데 민주당 소속이십니까?"

"맞습니다."

"그런데 삼촌분께서는……."

"아, 제 정치적 신념이 공화당보다는 민주당에 부합되기 때문에 민주당에 가입하고 활동하고 있습니다."

"그렇습니까? 그럼 어떤 부분이……."

새롭게 넘어간 주제에서는 적극적으로 자신의 의사를 표현했는데, 그런 프랭클린이 대찬은 신기했다.

'신기하고 부럽다.'

자신의 신념에 따라 당을 선택하고 활동하는 모습은 대찬에게는 굉장히 낯설었다. 왜냐하면 세간에 화제를 뿌리는 인물을 따르기 위해 탈당하고 입당하면서 신념보다는 사람을 따라 정치 활동하는 모습에 더 익숙했기 때문이었다.

"……해서 민주당이 저에게 더 맞습니다."

"멋지십니다."

"아닙니다."

프랭클린은 손사래를 치며 부끄러워했다. 이후로도 두 사람은 한참을 더 담소를 나눴고 상당한 교분을 나눌 수 있었다.

"하하, 유익한 시간이었습니다."

"저 역시 마찬가지입니다. 다음에 이런 기회가 더 있었으면 좋겠습니다."

"그럼 워싱턴에 가게 된다면 연락드리지요."

"알겠습니다. 저도 샌프란시스코에 오게 되면 꼭 연락드리겠습니다."

둘은 다음에 다시 만나기를 약속하고 헤어졌다.

아메리칸
드림

채응언은 국경 초소 한 곳을 지켜보고 있었다.

"통신망 절단했습니다."

"공격한다."

공격 명령에 의병들의 눈빛이 달라졌다.

탕탕!

총소리와 함께 총알에 맞은 일본 헌병들이 피를 뿌리는 모습을 볼 수 있었다.

길지 않은 교전 후 초소로 다가가 일본군들을 확인했다.

탕!

숨이 붙어 있는 자들은 확인 사살을 했다. 손 속에는 자비로움이 전혀 없었는데, 최근 국경선에서 죽은 동포들의 숫자가 헤아릴 수 없었고 자신들을 노출시키고 싶지 않은 이유도 포함되어 있었다.

"자네는 가서 동포들을 안내하고, 나머지는 사방을 경계하도록 하게."

명령이 떨어지자 신속하게 움직였다.

의병들이 공격을 시작했던 장소에서 사람들이 잔뜩 몰려 걸어오기 시작했다.

채응언의 의병대가 국경 초소를 공격하는 일이 많아졌는데, 자신들이 연해주를 오가기 위함도 있었지만 국경에서 일본군의 패악질이 나날이 심해져서 응징의 의미도 있었다.

사람들이 국경을 넘는 순간, 한쪽에서는 의병들이 헐레벌떡 뛰어왔다.

"저쪽에서 헌병들이 다가오고 있습니다!"

"숫자는?"

"대략 쉰 명 정도로 보입니다."

좋지 않은 상황이었다. 채응언의 일행은 그 절반 정도인 서른 명이었다.

슬쩍 연해주로 넘어가는 사람들을 보니 제시간에 연해주 깊숙이 가지 못할 것 같았다.

"요격을 준비한다."

아직 눈치채지 않았기를 바라며 의병들을 모아 요격 준비를 서둘렀다.

이동 경로를 예상해 낮은 언덕에 위장하고 엎드려서 사격을 준비했다. 이를 아는지 모르는지 열 맞춰서 다가오는 헌병들을 보며 사격 신호가 떨어지기만을 기다렸다.

'조금만 더 가까이.'

거리를 재며 신중하게 사격할 때를 가늠했다.

유효사거리에 들어왔음을 느끼는 순간, 채응언의 입이 열렸다.

"사격 개시!"

탕탕탕!

아메리칸
드림

한둘이 쓰러지자 일본 헌병들도 이에 맞서 반격을 했지만 계속해서 피해가 누적되었다.

'옳지 네가 우두머리구나!'

큰소리를 내는 헌병이 눈에 띄자 숨을 멈추고 조준선에 맞췄다.

탕!

단 한 번의 사격으로 장교로 보이는 자가 쓰러졌다.

그제야 헌병들이 내빼기 시작했다.

긴장을 풀지 않고 뒤를 슬쩍 바라봤다. 동포들이 연해주를 향해 잘 가고 있는지 확인하기 위해서였다.

'이만하면 됐다.'

"철수!"

일사불란하게 국경선을 넘어 연해주로 넘어갔다.

채응언의 이러한 활약에 조선총독부에선 이를 갈고 있었다. 기껏 막아 놓은 국경을 매번 이런 식으로 구멍을 내고 사라지기 때문이었다.

기존 현상금에서 몸값이 몇 배 이상 뛰었으나 여전히 행방은 오리무중이었고 신출귀몰해 하루에도 몇 번, 여러 군데서 채응언이 나타났다고 보고되었다. 이에 어느 것이 진실인지 파악하기도 힘들었다.

'이제 시작해야겠지?'

그토록 원했던 채텀제도를 할양받자 다음 계획을 실행함에 있어 주저함이 없었다.

대찬은 먼저 채텀 탐정 사무소라는 업체를 설립한 다음 샌프란시스코에 파견 나와 있는 광복군을 탐정 사무소 소속으로 옮기는 작업을 먼저 했다. 그 이유는 탐정 사무소가 어느 정도 PMC의 역할을 할 수 있는 사업체였기 때문이었다.

다음으로 채텀 섬에 항구를 만들기 위해 따로 제레미에게 지시했다.

'항구가 만들어지면 기밀을 요하는 시설을 옮기고.'

완벽한 보안이 이루어져야지만 대찬이 가지고 있는 지식을 총동원할 수 있는데, 특히 신경 쓰이는 부분은 무기였다. 소총 같은 경우 분해, 결합을 상당히 많이 해 보았기 때문에 구조에 대해서 바싹했는데, 보안이 되지 않아서 유출되는 것이 상당히 신경 쓰여 지금도 무기개발연구소는 대찬의 기준에 수준 미달인 소총을 개발하기 위해 진을 빼고 있었다.

'군사기지도 필요하고 말이지.'

일본에게 전력이 노출되는 것도 탐탁지 않았다. 이미 한번 내부 정보의 유출로 크게 곤혹스러웠던 적이 있기에 또다시 그런 상황이 오는 것을 원하지 않았다.

기준에 따라 정리하자 옮겨야 되는 것은 대부분 군 관련 업체들이었다.

'채텀 섬에서 선박도 만들면 좋을 텐데…….'

현재 일본은 세계 3위 안에 드는 해양 강국이었는데, 독일 의 무제한 잠수함 공격으로 기존의 선박들이 상당수 침몰한 상황이었다. 그리고 일본은 항공모함까지 만들어 진주만에 침공할 만큼 해양 강국이었다.

'한번 연구해 봐야겠어.'

선박을 만들기 위한 자재의 보급하려 해도 미국 본토에서 채텀 섬 까지는 상당한 거리였다.

'뉴질랜드? 호주?'

가까운 곳에 철이 생산될 테니 거래할 수 있다면 선박을 만들 수 있을 것 같았다.

계획서를 한참 작성하다 보니 문제점이 한두 가지가 아니 었다.

'만약 채텀 섬에서 항공모함을 만든다면 승무원들이 몇 명 일까?'

벌써부터 식량 공급과 연료 공급 걱정이에 눈살이 찌푸려 졌다.

'쉽게 생각할 일이 아니네?'

항공모함을 만든다면 단독 행동을 할 수 없으니 호위선들 을 줄줄이 끌고 다녀야만 했다. 거기에 계속해서 보급을 해

쥐야 하니 따로 수송선도 필요했고, 선박 숫자가 많아질수록 필요한 인원이 많아진다.

'돈! 지금보다 더 많이 벌어야 되겠다!'

육군, 공군을 제외하고 해군만 생각해도 대찬이 지금 가지고 있는 자금으로는 1년을 유지할 수 있을지 의문이었다.

'연료도 필요하고 식량도 꾸준히 보급할 수 있어야 해.'

기름값이 쌌기 때문에 굳이 유전을 확보해야겠다는 생각을 하지 않았었고, 식량 역시 현재 대찬 소유의 곡물 회사에서 유럽으로 공급하는 식량도 부족해 카길에서 곡물을 사서 가공하고 있었다.

눈이 번뜩였다.

'내가 너무 안일하게 생각했어. 나는 일개 개인이지 국가가 아니다.'

대찬의 재산은 미국에서 손꼽힐 정도로 많았다. 하지만 국가와 비견한다면 비루한 지경이었다.

'세금의 존재가 굉장히 크다.'

정부는 세금을 거두어서 국가 운영을 위해서 쓴다. 하지만 대찬은 개인이었기에 모든 부분에서 국가를 이길 수가 없었다.

'석유가 나오는 곳은 텍사스지?'

한 곳에 걸어 놓은 미국 전역도를 보았다.

"에리조나, 뉴멕시코를 거쳐 텍사스라……."

아메리칸
드림

대찬의 영향력이 확고한 곳은 캘리포니아였고 어느 정도 영향력을 끼칠 수 있는 곳은 서부 지역이었다.

"될까?"

중요한 것은 석유 매장지의 토지 확보였다.

'로비 라인을 가동해야겠어.'

가장 든든한 길현과 인수의 존재는 대찬의 어깨를 가볍게 해 줬다.

전화기를 들어 대학교 부총장실로 전화를 걸었다.

－여보세요?

"작은아버지, 저 대찬입니다."

－오, 그래, 무슨 일이냐?

"부탁드릴 게 있어서요."

－말해 보거라.

"텍사스에 갔다 오셔야 될 것 같아요."

－텍사스? 그런 촌 동네에 무슨 볼일이 있느냐?

"땅을 좀 사야 될 것 같아요."

－땅?

"네, 그것도 아주 많이요."

－어디 보자, 사는 것은 문제가 안 될 것 같고. 정치인들을 포섭하려고 하는 게냐?

"맞아요."

－음, 알겠다.

길현은 생각난 것이 있는 듯 짧게 몇 가지를 더 물어보고
는 전화를 끊었다.

　　대찬은 다시 전화를 걸었다. 이번에는 뉴욕 주였다.

　　-콜록, 오랜만이네. 손녀사위.

　　"감기 걸리셨어요?"

　　-그렇다네. 아주 지독하구먼.

　　"몸 관리 잘하세요. 증손주 보셔야지요."

　　-물론이지. 이까짓 감기가 나를 해할 수는 없다네. 콜록, 그
래. 무슨 일인가?

　　"아직 석유 회사 가지고 계시지요?"

　　-변변치 않지만 몇 개 가지고 있네.

　　"저한테 하나만 팔지 않으실래요?"

　　-알겠네. 사람을 보내지.

　　"감사합니다."

　　-그럼 다음에 통화하세. 몸이 너무 좋지 않구먼.

　　"알겠어요."

　　존이 평소와 달리 먼저 전화 끊기를 재촉하는 것이, 상태
가 많이 좋지 않은 것 같았다.

　　"홍삼이라도 좀 보내야겠다."

　　가장 든든한 우군이었기에 상당히 신경이 쓰였다.

　　'석유는 이렇게 진행하고 이제 곡물 회사인가?'

　　대찬은 다시 전화기를 들었다.

―여보세요.

"준명이냐? 나다."

―대찬이냐?

"맞아, 요즘 어때?"

―그럭저럭 잘되고 있어.

"공급은 안 부족하고?"

―부족해. 그것도 상당히. 그렇지 않아도 이 일로 한번 찾아 가려고 했는데 마침 전화 주네?

"그럼 곡물 회사 덩치 좀 키워 봐."

―얼마나?

"할 수 있는 한 최대로."

―뭐? 최대로?

"맞아, 구할 수 있는 만큼 최대한 구해서 운영해."

―그렇게 많은 땅이 필요할까?

"그냥 내 말대로 해 줬으면 좋겠다."

―알겠어. 네게 생각이 있겠지.

"아, 그리고 애리조나랑 뉴멕시코 그리고 텍사스까지 확 장할 수 있겠어?"

―글쎄, 한번 알아봐야겠는데?

"그럼 알아보고 확장이 가능하다면 해 봐."

―알았어.

모든 지시가 끝나자 대찬은 한숨 돌릴 수 있었다.

"지금이라도 착각하고 있던 것을 깨달아서 다행이야."

시간이 흐른 뒤 대처할 수 없는 상황이 오기 전 준비할 수 있어서 다행이었다.

"그런데 인생은 실전인 거야 연습인 거야?"

혹자들은 인생은 되감기가 되지 않고 일분일초가 매번 첫 경험이기에 무한한 실전이라고 말한다. 하지만 다른 생각을 하고 있는 사람들도 있었는데, 지나간 과거로 인해 미리 연습을 했고 현재도 연습을 하며 배우고 있기에 무한한 연습이라고 하는 사람들도 있었다.

"어차피 쓸데없지, 가장 중요한 건 선택이니까."

대찬은 심력을 낭비하고 싶지 않았기에 중요하지 않은 상념을 털어 버렸다.

◆

퀸샬럿에서 KKK단과 마찰이 있었다. 지금 샌프란시스코에선 어떻게 대응하고 있는지 궁금했다. 백인들이 많으니 존재하고 있을 것은 확실했는데, 너무 조용한 것이 희한하다는 생각이 들 정도였다.

'어쩌면 해답이 여기에 있을지도 모르겠다.'

궁금증을 해결하기 위해 덕원을 호출했다.

"덕원 씨, KKK단 알죠?"

"네."

"샌프란시스코에도 KKK단이 있겠죠?"

"있는 것으로 알고 있습니다."

"그런데 왜 말썽이 없을까요?"

"한인수호단 때문인 것 같습니다."

"그런 단체도 있나요?"

"저번에 이항구의 사장님 암살 기도가 실패로 끝났을 때 기억나십니까?"

대찬은 고개를 끄덕였다. 썩 좋은 기억은 아니었기에 얼굴이 살짝 찌푸려졌다.

"그때 손명건이라는 사람이 애국수호단을 만들었습니다."

"KKK단과는 무슨 상관이 있는 거예요?"

"평상시에는 그저 애국심을 고양하는 단체에 불과합니다."

"그런데요?"

"하지만 일이 생겼을 때는 단체의 성질이 돌변합니다."

"예를 들어서요?"

"복수를 하기 위해 사방을 들쑤시고 다니고 위협적인 분위기를 형성한다더군요."

"정말요?"

덕원의 말을 듣고서야 왜 KKK단이 활개 치지 못하는지 알 수 있었다. 적절한 견제자가 있으니 쉽게 움직이지 못하는 것이었다.

"그렇습니다. 항간에는 코리안 갱스터라고 부르고 있습니다."

"코리안 갱스터……."

뭔가 묘한 느낌이었다.

'나도 무슨 조폭 판타지 같은 게 있는 건가?'

대찬은 속으로 키득댔다.

"갱스터면 불법적인 일도 하나 봐요?"

"소소하게 밀수 정도 하고 있는 것 같습니다. 그리고 사장님이 모으시는 유물들 대부분을 수호단에서 공급하고 있습니다."

"아, 그렇군요."

건물을 따로 세워서 관리할 정도로 많은 물건들이 쌓이기 시작했는데, 출처와 유통 경로에 대해서는 전혀 관심이 없었다. 만약 덕원이 이야기하지 않았더라면 계속 모르고 있었을 것이었다.

"손명건이라는 분을 한번 만나 보고 싶네요."

"지금 만나 보시겠습니까?"

품에서 시계를 꺼내 슬쩍 보니 아직 시간은 충분했다.

"좋아요."

얼마 지나지 않아 잘생긴 청년이 덕원과 함께 방문했다. 덩치는 생각했던 것보다 크지 않았고 오히려 호리호리한 것이, 갱스터라는 명칭과 어울리지 않는다는 생각까지 들었다.

"금산 선생님, 안녕하십니까?"

"어서 오세요. 덕원 씨, 차 좀 부탁해요."

덕원이 자리를 피하자 두 사람의 이야기가 시작됐다.

"물어볼 게 있어서 모시게 되었어요."

"아닙니다. 언제든지 불러만 주시면 당장 달려오겠습니다."

'응? 언제든지 불러만 달라고?'

대찬이 의아함에 상대의 눈을 바라보자 마치 연예인을 본 듯한 눈빛이었다.

"항상 이런 만남을 꿈꿔 왔습니다."

"하, 하. 그런가요?"

"꼭 한번 만나 뵙고 싶었습니다."

'부담스럽네.'

조병옥이 처음 대찬을 만났을 때 딱 지금과 같은 눈빛이었다. 동경심과 존경심 그리고 가까워지고 싶어 하는 욕망이 순수하게 느껴졌다.

"그럼 몇 가지 궁금증을 해소해 주실래요?"

"무엇이든 물어보십시오!"

"혹시 KKK단과 마찰이 있었나요?"

"있었습니다. 그놈들 웃긴 녀석들입니다."

"웃겨요?"

"네, 고깔모자 쓰고 와서 몇 사람 겁을 주었던 적이 있습니다."

"그리고요?"

"우리도 도깨비 탈을 쓰고 똑같이 갚아 주었지요."

1차원적인 앙갚음에 웃음이 났다.

"그게 끝인가요?"

"아닙니다. 몇 번 시비가 더 있었습니다. 예를 들어 이단자라고 부르고 총칼로 위협을 하거나 늦은 시각 습격을 한다든지, 그런 경우가 종종 있었습니다."

"어떻게 했어요?"

"비밀결사라고 하는데 꼬리가 길면 잡히지 않겠습니까? 죽거나 크게 다친 사람이 없어서 정중하게 이야기했습니다. 만약 다시 이런 일이 생긴다면 전쟁할 각오를 하라고요."

대충 어떻게 된 일인지 알 수 있었다.

'한인이 많아서 건드리지 못하는 거구나.'

샌프란시스코는 어디를 다니든지 두 사람 중에 한 명은 꼭 한인이었다. 성공적으로 자리 잡아 이대로 한인 이민자들이 늘어난다면 백인보다 한인들이 더 많아질 것이다.

"만약 한인들의 수가 적은 지역에서 그와 같은 일이 벌어진다면 어떻게 하겠어요?"

"적절한 조치를 취해야겠지요."

"가령?"

"우두머리를 친다든가 아니면 포섭을 해도 되고, 방법은 여러 가지입니다."

"무조건 굴복하라고 하면요?"

"저는 그럴 일이 없을 것 같습니다."

명건의 성향은 확실히 두드러졌다.

"제가 일을 하나 맡긴다면 해결할 수 있겠어요?"

"말씀만 하십시오."

자신만만한 표정이었다.

"좋아요. 제가 필요하면 연락드리지요."

"하하, 선생님과 일할 수 있는 기회가 생겨서 영광입니다."

'숨겨진 패가 하나 생겼다.'

될 수 있으면 쓰고 싶지 않은 패였지만, 어쩔 수 없는 상황이라면 꼭 필요했다.

'당장 돈을 많이 벌 수 있는 일이 뭘까?'

새롭게 깨달은 시각으로 인해 많다고 생각했던 재산이 별로 없는 것처럼 느껴졌다.

'꾸준히 팔리고, 많이 팔리고 수익률이 좋은 것.'

평상시에도 꾸준히 매출이 오르는 것은 의식주, 먹고 자고 입는 인간으로서 가장 기본적으로 필요한 것이었다.

'다 하고 있는데…….'

대찬의 소유 회사는 굉장히 많았고 새롭게 진출해야 할 분야를 찾기가 힘들었다.

'더 벌어야 되는데, 뭐가 있을까?'

당장에 생각이 나는 것은 지금부터 자리 잡으면 미래에는 큰돈이 되는 사업들뿐이었다.

"뭐가 있을까?"

웬만한 것들은 사업체를 만들어 운영 중이었다.

'내수 시장으로 영역 확장이 안 되면 해외로 눈을 돌려야 하는데…….'

아쉽게도 전쟁으로 인해 해외로 사업 확장을 할 수 없는 시기였다.

'아니면 기존 사업체들의 상품을 늘려서 다양성을 추구해야 하나?'

새로운 상품을 출시하는 것을 진지하게 고려해 보았다.

"거리를 돌아봐야겠어."

당장에 돈을 벌 수 있는 상품이 생각나지 않았다. 사람이 많은 곳에 가면 새로운 사업이 생각날 것 같았다.

똑똑.

"사장님 항구에 가 보셔야 될 것 같습니다."

"항구는 왜요?"

"매튜 박사의 탐사단이 귀환했습니다."

"차 준비시켜요."

오랫동안 한반도를 탐사했던 매튜의 귀환 소식에 당장 하고 있는 고민은 잠시 미루기로 하고 항구로 향했다.

"박사님, 오랜만입니다."

"하하, 이사장님, 정말 오랜만입니다."

"잘 다녀오신 것 같네요. 소득은 있었나요?"

"제가 이사장님을 만난 것은 정말 두 번 다시없을 행운이었습니다."

"하하, 정말요?"

"그렇습니다. 이번에 학계에 발표할 것이 많아 정말 기분 좋습니다."

"그렇군요. 자세한 이야기는 자리를 옮겨서 마저 하시지요."

"알겠습니다. 그리고 부탁하신 동물들도 상당한 개체들을 수집해 왔습니다."

"정말 고맙습니다."

"아닙니다. 오히려 생물학자들이 이사장님께 감사하다고 할 겁니다."

항구에 도착한 배에서 굉장히 많은 물건들을 하역하고 있었는데, 그중에는 대찬이 부탁한 한반도 토종 동물들로 짐작되는 동물들도 있었다. 그런데 시끄러운 소리와 사람이 많아

긴장했는지 굉장히 사납게 굴었다.

"덕원 씨."

"네."

"일단 동물들부터 빨리 옮기세요."

"알겠습니다."

"그리고 최대한 스트레스받지 않게 당분간 접촉하지 말고 먹이만 주라고 하세요."

고개를 끄덕이며 지시를 이행하기 위해 분주히 움직였다.

눈앞에서 움직이는 수많은 동물들 때문에 대찬은 호기심 어린 시선이 떨어지지 않았다.

"와우!"

하나둘씩 하역되는 동물들을 보니 절로 감탄성이 흘렀다.

'세상에! 죄다 처음 보는 동물들이야!'

한반도에 서식했다고는 생각할 수 없을 정도로 종류가 다양했는데, 호랑이, 늑대, 표범, 반달가슴곰, 여우 등 맹수도 많았고 사향노루와 산양, 담비 등 회귀 전에는 한 번도 본 적 없는 동물들이 다수였다.

그러다 우연히 주변 사람들이 눈에 들어왔다.

'백인들 같은데 맞나?'

묘한 느낌을 풍기는 사람들이었는데, 다 전통 복장이었다.

'복장이 너무 익숙하게 느껴지는데?'

의문이 들어 알아보려고 하던 차에 그토록 기다리던 동물들이 하역되었다.

"좋아!"

한참을 넋 놓고 신기하게 바라보다 정신이 들었다.

"아쉽지만 돌아가야겠다."

매튜와 나눌 대화가 산더미였기에 무거운 발걸음으로 차에 올라탔다.

사무실에 도착하자 매튜는 먼저 도착해서 기다리고 있었다.

'응?'

그의 옆에는 아까 전에 보았던 묘한 느낌의 전통 복장의 사내가 앉아 있었다.

"아, 오셨습니까?"

"하하, 미안합니다. 동물들에 정신이 팔려서 조금 늦었습니다."

"그럴 만도 합니다. 저도 처음에는 깜짝 놀랐습니다. 굉장히 많은 동식물들이 있더군요."

"수고해 주셔서 감사합니다."

"별말씀을 다 하십니다. 아, 그리고 옆에 있는 사람은 마백수라고 합니다."

백수는 벌떡 일어나 절을 했다.

"금산 선생님, 마백수라고 합니다."

얼떨결에 대찬은 반사적으로 맞절을 했다.

"아이고, 선생님, 이러시면 안 됩니다."

눈치를 보다가 두 사람 다 일어났고 대찬은 얼떨떨했다.

"한인이시군요."

"맞습니다."

사내의 두 눈은 파란색이었고 혼혈의 느낌이 진하게 풍겼다.

"그런데 외모가……."

"혹시 백정을 처음 보십니까?"

"백정……요?"

대찬이 알고 있는 백정은 천민 중의 천민이었고 도축을 업으로 삼고 핍박받으며 사는 사람들이었다.

"네, 백정입니다."

상황을 지켜보다 대찬의 눈치가 이상하다는 것을 알아챈 매튜가 입을 열었다.

"이사장님, 백정에 대해서 자세히 모르시는 것 같습니다?"

"하, 하. 제가 다 아는 것은 아니라서요."

어찌 된 영문인지 파악하기 위해 대찬은 맞장구를 쳤다.

"그러시군요. 제가 간단히 설명해 드리겠습니다. 먼저 백정은 한반도에 정착한 유목민들이라고 생각하시면 될 것 같습니다."

"그렇군요."

알고 있는 정보의 괴리감에 깜짝 놀랐다.

'회귀해서 잘못된 편견이 있나 보다.'

"그러니까 이 백정이라는 집단은……."

매튜 박사는 자신이 알고 있는 내용을 설명하기 시작했다.

백정은 단순한 가축 도축업과 고리를 만드는 집단을 일컫는 말이 아니라 한반도에 정착한 유목 민족이었다.

역사에 기록된 것을 보면, 우선 고려사열전에 거주하는 장소가 일정치 않고 고리(짚단 등을 엮어 만든 바구니)를 만들어 판매한다고 나온다.

조선왕조실록에도 이들은 등장한다.

중종 5년, 우리나라에는 특별한 종류의 사람들이 사는데 사냥과 고리를 만들어 먹고사니 호적에 등록된 일반 백성들과 다르며 이들을 백정白丁이라 한다.

성종 22년, 백정은 말을 잘 타고 활을 잘 쏘며 사납고 용맹하여 짐승을 사냥하는 데 익숙하다.

고려 시대 옛 이름은 양수척揚水尺(물 심부름꾼) 그리고 또 다른 이름은 달단韃靼이었다.

"……해서 이들은 타타르 계통이기도 하고 한인이기도 합니다."

"타타르요?"

"그렇습니다. 그런데 족히 천 년도 넘게 한반도에서 지내며 한인으로 지냈지요."

몰랐었던 사실을 새롭게 알게 되자 대찬은 굉장히 흥미로웠다.

"옆에 있는 백수를 보면 아시겠지만, 머리카락 색도 붉은 색에 마치 아일랜드 사람 같고 눈동자 역시 파란색입니다. 다른 백정들도 갈색, 회색, 파란색 등 여러 가지 색이죠. 심지어 금발 머리를 하고 있는 사람도 있었습니다."

"정말요?"

깜짝 놀랄 일이었다.

"그런데 혼혈이 많이 진행되어 지금은 한인에 가까운 외모가 된 것 같았습니다."

백수를 자세히 보면 한인처럼 느껴졌다. 하지만 아무 생각 없이 본다면 외국 민족이라고 해도 믿을 수 있을 정도였다.

'아!'

대찬은 지금까지 가지고 있었던 갈증을 해소할 수 있을 것 같았다.

'동양인으로 정보활동을 하는 것에 굉장한 제약이 있었는데, 이들을 이용한다면!'

언뜻 백인처럼 보이기에 언어만 완벽하게 할 수 있다면 정보 요원으로 활용할 수 있을 것이었다.

"그동안 어떻게 살았습니까?"

질문을 하자 눈시울이 붉어지는 것이, 편치 못했음을 짐작할 수 있었다.

"말씀드리기 송구합니다."

대찬은 고개를 끄덕이며 자세히 캐묻지 않고 다음 질문을 했다.

"국내에 백정들이 많습니까?"

"최근 많이 죽었습니다."

"일본 때문입니까?"

백수는 고개를 끄덕였다.

"너무나 다른 외모 탓에……."

대충 그림이 그려졌다.

"전부 미국으로 불러오세요."

"네?"

"한 명도 빠짐없이 미국으로 오라고 하세요. 비용은 제가 전부 지원하겠습니다."

"감사합니다. 감사합니다."

백수는 다시 고개를 처박고 큰절을 하며 연신 감사 인사를 했다.

매튜는 그 모습을 지켜보며 만족스럽게 웃었다.

"역시 이사장님이라면 그렇게 하실 줄 알았습니다."

"그런가요?"

"그래서 백정들 일부를 데리고 온 것이니까요."

"매튜 박사님, 감사합니다."

"아닙니다, 하하. 이번에는 제 이야기를 해야 될 것 같습니다."

잔뜩 들뜬 매튜는 이야기를 해 나가기 시작했다.

"참으로 역사가 유구했습니다. 왕궁터를 여러 곳 발견하기도 했고 아시아에도 피라미드가 있더군요."

"피라미드요?"

대찬의 기억 속에 피라미드 모양을 한 것은 장군총뿐이었다.

"그렇습니다. 어느 황제의 무덤 같았는데, 누군가 도굴을 해 가 안에 있는 벽화를 제외하고는 정보를 얻을 수 있는 것이 없었습니다. 그래서 다른 피라미드를 찾아봤는데, 시간이 촉박하여 찾을 수 없었습니다."

"더 찾을 수 있다고요?"

"저는 더 있을 것이라고 확신하고 있습니다. 그런데……"

매튜는 숨을 고르고 말을 다시 이었다.

"일본의 방해가 만만치 않더군요. 한반도에 가 있었던 시간의 절반 이상은 일본의 통제로 제대로 활동조차 하지 못했습니다."

대찬은 미리 예상하고 있었던 터라 크게 놀라지 않았다.

"수고하셨습니다. 좋은 기회가 생겼으면 좋겠습니다."

"그래서 생각한 것인데……"

"말씀하세요."

"이번 학회에 연구 발표를 하고 연해주에서 고구려나 발해에 대해서 더 연구해 보고 싶습니다."

"음……."

대찬은 정수리가 서늘해짐을 느꼈다.

'프랭크가 가만있지 않을 텐데…….'

"샌프란시스코에 도착한 지 얼마 되지 않았지 않습니다. 차차 생각해 보시죠."

"알겠습니다."

두 사람의 이야기가 끝나고 옆에 앉아 있는 백수를 보자 얼굴 꼴이 말이 아니었다.

"흐어어엉."

대화가 끝이 나자 소리 내어 울기 시작했다. 그 모습을 보니 마음이 시큰해졌다.

'이런 부분을 조금 더 일찍 신경 썼으면 좋았을 텐데…….'

"백수 씨, 같이 온 다른 사람들도 같이 가서 만나 봐요."

고개를 끄덕였다.

"덕원 씨, 차 준비시켜요."

차를 타고 이번에 온 사람들의 임시 숙소로 향하자 기척을 느꼈는지 일제히 밖으로 나왔다. 백수는 그런 사람들에게 대찬을 소개하기 시작했다.

"여기 이분이 금산 선생님……."

열심히 소개를 하는 그를 옆에 두고 사람들을 면밀히 살피기 시작했다.

'모두 다 키가 크네?'

한인들 중에 키가 크면 대충 175센티 정도 되었는데, 백정들은 대부분 키가 180센티 이상이었다. 그리고 외모가 제각각이었는데, 전통 복장이 아니고 서양식 신사복을 입는다면 충분히 백인처럼 보일 것 같았다.

소개가 끝나자 일제히 고개를 숙이며 인사해 왔다.

"안녕하세요. 강대찬입니다."

대찬 역시 마주 보고 정식으로 인사를 했다.

"앞으로 여러분들의 도움이 필요할 것 같습니다."

"무엇이든지 맡겨 주십시오."

"감사합니다. 그런데 먼저 언어부터 배우셔야 될 것 같습니다."

정보 요원으로 쓸 사람들이 생겼는데 언어를 할 줄 모르면 안 된다.

'그리고 한 가지 언어만 써서도 안 되지.'

미국은 이민자들의 국가였고 사용되는 언어도 여러 가지였다.

'미안하지만……'

"잘 부탁합니다."

아메리칸
드림

이주민

우드로 윌슨은 상선과 여객선을 예고 없이 침몰시키는 것을 제외하고는 평화를 위해 협상할 용의가 있었으나 독일은 물러날 기미를 보이지 않았다.

1917년 1월 9일, 독일이 무제한 잠수함 공격을 재개함에 따라 그동안 우드로 윌슨이 진행해 온 평화 협상 노력이 좌절되었다. 그 결과 미국 항구 내에 화물이 적체되었고 여론이 악화되기 시작했다.

그러던 중 한 장의 전보가 공표되자 미국 언론이 들끓었다. 독일의 잠수함 공격으로 라코니아호가 피격되었고 미국인의 인명 손실이 발생한 것이다. 이것으로 침몰한 미국 국적의 선박은 네 번째가 되었다.

"우리는 참전을 원한다!"

사람들 사이에 독일에 선전포고하고 전쟁에 참전하자는 분위기가 거세게 형성되기 시작했다.

♣

준명은 대찬에게 지시받은 대로 비옥하다 싶은 토지는 무차별적으로 구매하기 시작했다. 캘리포니아뿐만 아니라 애리조나, 뉴멕시코, 텍사스까지 사람을 보냈다. 자금은 풍부했기 때문에 팔겠다고 하는 사람들의 토지를 적정한 가격에 매입할 수 있었다.

"땅값이 올랐네?"

그런데 어느 순간부터 가격을 비싸게 받기 위해 땅을 팔지 않고 흥정을 시작했다.

"장난치나?"

가격 가지고 장난치는 모습에 빈정이 상하자 준명은 눈을 돌려 네바다와 유타의 땅을 사기 시작했다. 오히려 두 지역에서는 환영하는 분위기였다. 부러워만 했는데, 자신들에게까지 손을 뻗어 왔기 때문이다. 이로 인해 주 경제가 활발해질 것을 기대한 것이다.

그렇게 준명의 판단으로 세 개 주는 토지를 구입하려는 사람이 없자 거품이 빠지기 시작했고, 오히려 나중에는 준명에게 개인적으로 연락을 해 사 달라고 통사정하기도 했다.

"그 가격으로 못 사!"

결국 기존 가격보다 저렴하게 많은 토지를 확보할 수 있었다.

준명은 한바탕 쇼핑을 하고 어떻게 운영할 것인지 궁금해 대찬을 찾았다.

"대찬아, 이제 어떻게 할까?"

"뭘 어떻게 해?"

"다 농사지어?"

"당연하지. 그러려고 산 땅인데."

"엄청나게 넓은 땅인데?"

"어, 죄다 농사지어."

"근데 처가에서 걱정하더라고, 그렇게 농사지어서 곡물을 팔아 대면 곡물값이 폭락한다고 말이야."

현재 곡물 회사 농장들의 생산량은 미국 사람들이 풍족하게 먹고도 남는 정도였다. 준명의 처가는 곡물 가격이 폭락할까 봐 두려워하고 있었다.

"걱정하지 않아도 돼, 수출할 거야."

"수출?"

"응. 그리고 작물들 품종 개발 착실히 하고 있지?"

"하고 있어. 근데 이게 하루아침에 개발되는 게 아니더라고."

"좋아, 잘하고 있어."

대찬은 한 가지 아쉬운 점이 있었다.

'제대로 된 냉장고만 개발되면 식자재의 혁명이 시작되는데…….'

몇 년째 지지부진한 냉장고 개발 상황이 아쉬웠다.

"그럼 이대로 진행한다."

"그렇게 해. 궁금한 거 있으면 언제든지 전화하고."

"알았어."

준명이 돌아가자 대찬은 이번에 샀다는 땅을 가늠해 보았다.

"어지간히 땅값도 싼가 보다."

캘리포니아, 유타, 네바다, 애리조나, 뉴멕시코, 텍사스까지 총 여섯 개의 주에서 사들인 땅은 어마어마한 크기였다.

"한반도보다 크겠네."

많은 식량을 미리 확보한다는 생각으로 준명에게 지시했는데 너무 착실하게 이행했기에 그 결과는 어마어마했다.

"수출로 다 해결할 수 있겠지?"

돈을 벌기 위한 일이 아니었기에 그렇게 부담스럽고 걱정되지도 않았다.

'전쟁이 시작되면 원활하게 보급할 수 있는지 지금부터 실험하고 준비해야 돼.'

개인으로서 국가를 상대로 보급전을 해야 하기 때문에 미리 준비해야 했다.

따르릉!

"여보세요?"

–토마습니다.

"네, 존입니다."

대찬은 고개를 갸우뚱했다.

'갑자기 전화를 했네?'

예상하지 못했던 토마스에게 전화가 오자 무슨 일인지 궁금했다.

–지금 찾아봬도 되겠습니까?

대찬은 품속에서 시계를 꺼내 시간을 봤다.

"네."

–잠시만 기다려 주십시오.

다급히 방문하겠다는 말을 하고 얼마 지나지 않아 토마스가 사무실로 들어왔다.

"하하, 존, 미안합니다. 이번에는 좀 무례했군요."

"괜찮아요. 그런데 무슨 일이에요?"

"이번에 많은 땅을 구매하셨다고 들었습니다."

"맞아요. 벌써 소문이 났나요?"

"사실 그것 때문에 급하게 뵙자고 한 겁니다."

"네?"

"사업을 확장하시면서 인력이 필요하지 않으십니까?"

"아무래도 기존 인력으로 부족한 건 사실이지요."

"정부에서 연락이 왔습니다."

"말씀하세요."

"지금 동부에 유럽에서 온 이민자들이 상당히 유입되었습니다."

'가난한 이민자들 데려가라고?'

뻔한 수순이었다.

"이들 대부분이 가난한 사람들인데, 서부에 정착했으면 좋겠다는 게 정부 의견입니다."

"흠……."

인력이 필요한 것은 사실이었다. 하지만 동부에 빈민층을 형성하는 이민자들을 끌어올 만큼 인력이 부족하냐고 묻는다면…… '절대 아니지.'라고 답할 수 있었다.

꾸준히 한인들이 이민 오고 있었고, 마찰이 생길지도 모르는 타 민족을 대량으로 수용하기에는 무리가 따랐다.

"고민이 필요한 부분입니다."

"이해합니다. 그래서 정부에서 내놓은 협상책이…… 이민자들을 수용해 준다면, 한인들의 공무원 채용에 힘을 써 주겠다고 합니다."

대찬의 눈이 크게 뜨였다.

'솔깃한데?'

한인들이 공무원으로 진출하게 되면 굉장한 혜택이 생겨

나는 것이다.

'행정가들을 키워 낼 수 있고, KKK단 같은 단체도 효율적으로 대응할 수 있게 된다.'

반면에 빈민이나 다름없는 수십만 혹은 백만 이상일 수도 있는 빈민들을 수용해야 한다는 문제도 생겼다.

'난제이기는 하지만 적당한 선에서 해 볼 필요는 있다.'

광복 이후 국가 재건을 위해서 미리 연습해 둘 필요성이 있었다.

"이주민 숫자는요?"

"서부로 이주시키려는 대상이 대략 12만 명 정도 됩니다."

"헉, 그렇게 많아요?"

"능력이 출중하지 않습니까? 아무에게나 맡길 수도 없는 노릇입니다."

'너무 많아.'

많지 않은 인원으로 시범적으로 시작하고 차차 늘려 갈 생각을 하고 있었는데, 단번에 12만이라는 소리를 듣자 엄두가 나지 않았다.

'대충 4인 가족으로 잡고 집을 짓는다고 하더라도 3만 채의 집이 필요하다.'

그 외에 더불어 따라오는 문제들이 산더미였다.

"아무리 생각해도 숫자가 너무 많아 저 혼자 감당하기는 불가능합니다."

샌프란시스코의 인구가 현재 대충 30만 명 정도 되었는데, 12만 명은 3분의 1이나 되는 숫자였다.

"오해하시는 부분이 있는 것 같습니다. 한 번에 12만 명을 이주시키는 것이 아니라, 적당히 나누어서 이주시킬 것입니다. 대략 한 번에 3만 명 정도로 네 번에 걸쳐 이주시키는 것이 어떻겠습니까?"

'3만이라……'

"잠시만 기다려 주세요."

토마스는 고개를 끄덕였고 곧바로 대찬은 덕원을 불렀다.

"새크라멘토 밸리 농장의 직원 숫자 좀 알아봐 주세요. 최대한 빨리!"

"알겠습니다."

잠시 기다리고 있자 덕원이 돌아왔다.

"총인원은 2만 3천 명이고, 여성을 제외하고 남성만 2만 정도 됩니다."

대찬의 머리가 빠르게 돌기 시작했다.

'농장은 아직 산업화가 덜 되어서 직원이 많네. 그럼 새크라멘토 밸리에 있는 농장처럼 대규모 농장을 세 곳 정도 만들면 12만을 수용할 수 있는 건가?'

마침 사 둔 땅도 많았으니 수용하는 데 무리가 없다는 판단이 섰다.

"정착 지원금도 주시나요?"

아메리칸
드림

가뜩이나 무료 봉사 같은 느낌이라 지원금이 없다면 손을 뗄 생각이었다.

"물론입니다."

"한 가정당 얼마를 지원해 주나요?"

"2백 달러입니다."

'아우, 짜다.'

임금이 많이 올라 제대로 된 직장이면 한 달 평균 월급이 180달러 정도 되었는데, 몇 달만 일하면 포드 자동차를 한 대를 살 수 있는 금액이었다.

'그럼 뭐해, 한 가정당 200달러라는데……. 그럼 6백만 달러인가?'

"어떻습니까?"

"좋아요. 그런데 어느 민족들인가요?"

"대체적으로 아일랜드와 이탈리아입니다."

민족들을 듣는 순간 머리가 아파 왔다.

'하필이면 가장 골치 아픈 민족들이야.'

IRA로 유명한 아일랜드와 마피아로 유명한 이탈리아였다.

'이제 와서 거부할 수도 없으니…… 까짓, 해 보자!'

두 민족의 공통점은 정말 가난한 사람들이란 것이다.

'안일하게 생각한 걸 수도 있지만, 사람답게 살 수 있게 만들어 주면 되겠지? 되려나? 될 거야!'

애써 긍정적으로 생각했다.

"좋습니다. 하도록 하지요."

"감사합니다. 그럼 보도하고 자세한 일정 계획은 앞으로 파견 나올 인원과 하시면 될 것 같습니다."

담화가 끝이 나자 토마스는 홀가분한 모습으로 사무실을 떠났다.

'백정들을 여기 사이에 넣어야 할 것 같은데……'

이질적인 외모를 가지고 있는 그들을 사이에 넣어서 언어를 배우게 할 생각이었다. 첩보 활동을 하기 위해서 언어가 필수적이었는데, 영어로는 부족했다. 민족들끼리 있을 때는 자국어를 사용하기 때문에 첩보를 하기 위해서는 여러 가지 언어를 써야만 했다.

'천운이었어.'

정보 문제로 골머리를 앓고 있었는데, 백정들은 대찬에게 가장 좋은 해결책이 되었다.

'그런데 백정은 어감이 너무 좋지 않네?'

천민이라는 고정관념 때문에 좋지 않게 생각했던 백정이라는 단어에 대해서 괜한 거부감이 들었다.

'뭐라고 할까?'

천 년이 넘게 함께 살아왔기에 같은 민족으로 봐도 무방했다. 그렇기에 달단이라는 말도 탐탁지 않았다. 고민해 봤지만 쉽게 답이 나오지 않았다.

아메리칸
드림

"그냥, 직접 물어보자."

본인들의 의사를 묻는 것이 가장 빠를 것 같았다.

"생각난 김에 해치워야지."

대찬은 차를 타고 백수가 있는 곳으로 향했다.

그들이 자리 잡은 곳은 샌프란시스코 외곽의 목장이었는데, 목장을 원한 이유를 물어보니 '천성이 어디 가지 않는지 말을 보면 타고 싶고, 달리고 싶고, 사냥하고 싶습니다.'라고 했다.

몇십 년 전만 해도 실제로 그러고 살았던 사람들이라 몸이 기억하고 있는 것 같았다.

목장에 들어서서 한참을 차로 달리니 말 위에서 한복을 입고 있는 사람들이 보이기 시작했다. 그중 한 청년은 차를 보고 경쟁심을 느꼈는지 근처까지 와서 말을 몰아 나란히 달렸다. 그러다 차 안에 타고 있는 대찬을 알아봤는지 짐짓 놀란 표정을 짓고 말을 돌려 다른 방향으로 향했다.

백수가 있는 곳으로 가자 먼저 본 청년과 같이 마중을 나와 있었다.

"금산 선생님, 오셨습니까?"

"이러지 않으셔도 됩니다."

맨바닥에 절을 하려고 하는 것을 대찬이 막아 냈다.

"앞으로 과한 인사는 하지 말아 주세요."

"알겠습니다."

백수는 불편한지 표정이 좋지 않았다.

　"혹시라도 외부인이 본다면 좋지 않은 소문이 날 것 같습니다."

　안심을 시켜 주기 위해서 한 말이었지만, 사실 불편하기 그지없는 행위였다.

　"아, 그렇군요! 그럼 앞으로 어떻게 할까요?"

　"간단히 인사만 하시면 됩니다."

　"천부당만부당합니다. 어떻게 입으로만 인사를 합니까?"

　한참을 실랑이를 하다가 묵례를 하는 것으로 합의를 보았다.

　"사실 백수 씨를 찾은 것은, 몇 가지 부탁할 것이 있어서입니다."

　"말씀만 하십시오. 뭐든지 해 드리겠습니다."

　"한인들은 피부색과 외모 때문에 여러 가지 문제점이 있어요."

　"문제가 있습니까?"

　"오신 지 얼마 되지 않아서 잘 모르시겠지만, 여기에서는 인종차별이 심합니다."

　인종차별이라는 말을 이해하지 못하는 것 같았다.

　이해를 돕기 위해서 대찬은 팔을 걷었다.

　"제 피부색이 보이지요?"

　"네."

"백수 씨의 피부색을 보세요."

백수의 피부는 순수한 동양인이라고 하기에는 거리가 있었다.

"미국에서는 백수 씨 같은 피부를 가진 사람들이 그 외에 피부를 가진 사람들을 무시하는 분위기예요."

"허, 말도 안 됩니다."

믿기 힘든 사실인 마냥 부정했다.

"사실입니다. 그런데 여기서 제가 말하는 문제는, 이 피부색 때문에 첩보 활동을 못하는 거예요."

"그럼 쇤네가 뭘 도와 드리면 되겠습니까?"

"한인들을 대표해서 첩보 활동을 해 주셨으면 해요."

"꼭 도와 드리겠습니다."

백수는 격하게 고개를 끄덕이며 무엇이든 할 태세였다.

"감사합니다. 그런데 이게 사람이 많이 필요한 일이에요."

"쇤네와 비슷한 사람들이면 되겠습니까?"

"맞아요."

"저도 할게요!"

옆에 서 있던 청년이 가만 이야기를 듣다가 하겠다며 소리쳤다.

"감사합니다. 그런데 준비해야 될 게 있어요."

"뭘 준비하면 될까요?"

"공부! 공부를 하셔야 해요."

백수와 청년은 급격히 얼굴이 굳어졌다.

"부탁합니다."

"아, 알겠습니다."

"……."

공부는 싫다는 표정이었지만, 첩보 활동을 위해서 꼭 필요한 일이었다.

"열심히 해 보겠습니다."

"……."

청년은 계속해서 꿀 먹은 벙어리처럼 아무 말이 없었다.

"그리고 여러분들을 뭐라고 부르면 될까요? 백정이나 달단이라 부르고 싶지 않네요."

"아무렇게나 불러 주십시오."

'예상은 했지만 정말 이럴 줄이야.'

매사에 끌려다니면서 살았던 인생들이라 자의적이지 않을 것이라 예상했지만 실제로 이러니 답답했다.

"그럼 선인이라고 부르지요."

주도적으로 살기를 바라며 먼저 선先 자에 끌 인引 자를 써서 선인이라 부르기로 했다.

♣

따르릉!

아메리칸
드림

"여보세요?"

느닷없는 전화 한 통을 시작으로 대찬은 테슬라의 연구소가 있는 곳까지 오게 되었다.

거대하게 지어지고 있는 탑.

'저게 뭐야?'

연구비로 거대한 건축물을 만들고 있었다.

"맙소사!"

무엇인지 알 수 없었지만 연구 비용으로 매달 수십만 달러가 지출되는 이유를 알 수 있었다.

"존, 왔나요?"

태연자약하게 자신을 맞이하는 테슬라를 보고 대찬은 기가 막혔다.

"테슬라 씨, 도대체 1천만 달러가 왜 필요해요?"

그는 손가락으로 탑을 가리켰다.

"저게 뭔데요?"

"무선 전신탑."

대찬의 입이 봉해졌다.

그동안 성과는 없이 계속해서 연구만 했었기에 무얼 하나 궁금했지만 한 번도 물어본 적이 없었다. 워낙 유명한 인물이고 무언가 크게 하나 해 줄 것이라 생각했기 때문이었다.

'돈을 크게 쓰는 것 말고 말이지.'

느닷없이 테슬라 연구소에서 천만 달러의 결제를 요구해

서 당황했다. 그래서 확인하기 위해 연구소로 부리나케 달려왔다.

'그런데 무선 전신탑이라니…….'

전기에 관련된 무언가를 만들어 낼 것이라 생각했지, 무선 통신 기술을 개발하고 있을 것이라곤 생각하지 못했다.

"이게 되나요?"

"됩니다."

테슬라는 자신 있게 말하고 대찬에게 무전기를 넘겨주었다.

"어?"

대찬이 예상하는 현시대의 기술로는 부피가 클 것이라 생각했지만, 테슬라가 건네준 것은 초기 핸드폰 같은 크기였다.

"저리 가 보세요."

뭔가에 홀린 듯 거리를 벌리자 놀라운 일이 일어났다.

─들리죠?

멍하니 무전기만 바라보았다.

'큰일 났다!'

지킬 수 있는 능력이 된다면 굉장한 축복이다. 하지만 반대로 지킬 수 없다면…….

"재앙!"

대찬은 발을 동동 굴리기 시작했다.

"문제가 있나요?"

가까이 다가온 테슬라의 팔을 붙잡고 사방을 두리번거리며 조용히 얘기할 수 있는 곳을 찾았다.

"으으."

다급한 와중에 테슬라가 신음성을 흘리기 시작했다.

"왜요?"

"소, 손 좀……."

결백증이 있었기에 괴로워하는 모습이었는데, 대찬은 그것을 따를 겨를이 없었다.

겨우 단둘이 대화할 수 있는 곳을 찾아 이야기를 시작했다.

"저거 돼요?"

테슬라는 팔에서 대찬의 손이 떨어지자 손수건을 꺼내서 자신의 몸을 닦아 댔다.

"저거 되냐고요!"

열심히 움직이던 테슬라의 몸이 순간 멈칫했다.

"됩니다."

"확실해요?"

"백 퍼센트 확신합니다."

"통신 거리는요?"

"세계."

대찬의 숨이 탁 멈춰 섰다. 그리고 머릿속에서는 아까보다

심하게 사이렌이 울리고 있었다.

'어쩌지? 방법, 방법을 찾아야 돼!'

숨겨야만 했다.

'어디다 숨기지? 고립된 장소, 섬, 그래!'

"테슬라 씨, 여기서 연구하는 것보다 조용한 섬으로 가는 건 어때요?"

"섬? 싫습니다."

미간이 한껏 찌푸려졌다.

"후우, 선택권이 없어요. 무조건 가야 돼요!"

"선택권이 왜 없습니까? 존이 제시한 조건은 뭐든지 내 마음대로 해도 된다는 거였는데요."

대찬은 숨을 골랐다.

"테슬라 씨, 섬으로 가지 않는다면 계약을 파기하겠어요."

"……"

"연구하시는 것에 대해서 전적으로 지지하고 있어요. 그리고 결제 요청하신 것도 지원해 드리고 싶어요. 그런데 저도 조건을 하나 달아야겠어요. 제발 부탁인데, 섬으로 가 주세요."

테슬라의 표정이 좋지 않았다.

"그…… 맛있는 요리도……."

"다! 해 드릴게요!"

"전기도 부족하고……."

아메리칸
드림

"지원해 드릴게요!"

"심심하기도……."

"뭘 원하세요? 다 해 드릴게요."

어떻게든 보내기 위해서 안달복달했다.

"……갈게요."

"감사합니다. 그럼 원하시는 거 모두 적어서 보내 주세요. 그리고 가서 마음껏 연구하시고요."

"그런데……."

"네, 네. 말씀하세요."

"저거 다시 지으려면 사람이……."

"보내 드릴게요!"

테슬라는 고개를 끄덕였다.

"언제 가면 될까요? 보스."

며칠 뒤.

항구 공사도 제대로 되지 않은 곳에서 급하게 테슬라를 떠나보낼 때, 미안한 마음보다는 일신의 안위를 지킬 수 있다는 사실에 감사했다. 그리고 지금, 손에 쥐고 있는 무전기를 보고 대찬은 안도의 숨을 내쉬었다.

테슬라가 배를 타고 채텀 섬으로 떠난 지 벌써 이틀이 지났다. 이제는 불안한 마음이 진정되기 시작했다.

'이걸 써먹을 수 있으면 좋겠지만…….'

시대에 어울리지 않는 물건이었다.

'지킬 힘도 없고······.'

테슬라가 보여 준 기술이 성공한다면 그는 백 년을 훌쩍 뛰어넘은 발명가다.

"전기 기술이나 만들 것이지!"

아찔한 순간이 떠올라 부르르 몸을 떨었다.

다시 불안한 마음이 생겨 안정을 취하고 있을 무렵, 손님이 찾아왔다.

"안녕하세요."

"어서 오세요. 기다리고 있었어요."

손님은 이민자들을 서부로 이주시키는 일을 협의할 정부 인사였다.

"그렇습니까?"

"자리에 앉으세요."

마주 보고 앉자 정부 인사의 입이 열렸다.

"먼저 정부에서 협조에 감사하고 있음을 알려 드립니다."

그는 감사 인사를 하고는 가방에서 서류를 주섬주섬 꺼내기 시작했다.

"여기 한 부 보십시오."

건네받은 서류의 첫 장에는 서부 이주 계획이라고 적혀 있었다. 대찬은 다음 장을 넘겨 보고는 적혀 있는 숫자에 깜짝 놀랐다.

아메리칸
드림

"허, 약속이랑 다르네요."

"어떤 부분이 다른지 말씀해 주시겠습니까?"

서류에는 이주민의 숫자가 12만이 아니라 20만이라고 적혀 있었다. 대찬은 손가락으로 짚어 보여 주었다.

"저는 12만으로 들었습니다."

"이런, 뭔가 착오가 있었나 보네요. 성인만 12만이고 딸린 가족들까지 포함하면 20만입니다."

대찬은 골치가 아파 관자놀이를 꾹꾹 눌렀다.

"그럼 가정으로 하면 얼마나 되나요?"

"지금 보시는 페이지 중간 부분에 적혀 있습니다."

다시 시선을 서류로 돌려 원하는 부분을 찾았다.

'2만 천……'

서류에는 정확히 21,312라고 적혀 있었다.

'4백만 달러 조금 넘네?'

기존 생각했던 금액보다 2백만 달러나 낮은 금액이었다.

"제 예상과는 다르네요."

"어떤 부분입니까?"

"성인이 많아요."

이주민을 한곳에 뭉쳐 놓지 않고 캘리포니아와 이번에 새로이 농사 준비를 하는 곳으로 분산하여 보낼 생각을 하고 있었다. 그리고 12만에서 경제활동을 할 수 있는 인구를 4만으로 보고 준비하고 있었는데, 12만이 성인이라고 한다면 경제활동을 할 수 있거나 해야만 하는 사람들의 숫자가 더 늘어날 것이었다.

'가난은 나라님도 구제하지 못한다는데……'

받는 것이 문제가 아니었다. 문제는 사업체가 이익을 창출해 낼 때까지 이 사람들을 책임져 줘야 한다는 점이다. 따라서 최소 6개월 이상 월급을 줄 수 있어야만 했다.

'최대 6만 명, 한 사람당 2백 달러 잡고, 6개월이면……. 7천 2백만 달러! 4백만 달러 받고 7천만 달러 쓰는 건 전혀 수지가 맞지 않지.'

"저는 사업가입니다."

"애로 사항을 자세히 말씀해 주실 수 있으시겠습니까?"

"좋습니다. 허심탄회하게 이야기하죠. 이주민 중 경제활동을 할 것 같은 인구를 최대 6만이라고 하고 1인 한 달 급여를 2백 달러라고 잡았을 때, 이 사람들이 노동해서 회사가 이익을 창출하는 시간이 최소 6개월 정도 걸립니다. 그럼 그동안 월급으로만 지출되는 비용이 7천만 달러가 넘습니다. 그런데 6개월 뒤 7천만 달러의 수익이 발생할 것이라는 생각이 들지 않는군요."

"그러니 서너 번으로 나누어서 이주하자는 것 아니겠습니까?"

대찬은 고개를 저었다.

"제가 제공할 수 있는 일자리는 현재 농장밖에 없습니다.

그런데 지원 정책금으로 나오는 것이 가정당 2백 달러인데, 이걸 다 해 봐야 4백만 달러가 조금 넘는 금액입니다."

"그럼 어떻게 해야 되겠습니까?"

"한 가지 확실한 것은, 지금 이 제안이라면 저는 6개월 뒤에 망할 수도 있을 것 같습니다."

"그렇군요."

"부탁인데, 보고 후에 다시 협상했으면 합니다."

숫자를 나열해 준 것이 통했는지 정부 인사가 고개를 끄덕였다.

"그럼 다음에 다시 찾아뵙겠습니다."

조율을 해 보기도 전에 협상은 결렬이 되었는데, 대찬에게는 너무 받아들이기 힘든 조건이었다.

정부 인사가 돌아가자 대찬은 의자에 몸을 깊숙이 뉘었다.

'여러 가지 생각하고 있는 것은 많지만, 그렇다고 당장 받아들이는 건 아니지. 더군다나 조건도 좋지 않았고.'

공무원 진출과 행정가를 키워 낼 수 있다는 사실에 혹했지만, 모든 걸 감수하고 받아들일 만한 것은 아니었다.

'뉴칼레도니아에서 행정가를 키워 내도 되니까.'

기존 항구를 통해서 점점 한인들이 이주하고 있었고 자치정부를 허락했기 때문에 조금 늦더라도 쓸 만한 행정가는 나올 것이다.

'그나저나 이제 슬슬 심시티를 할 준비를 해야겠네.'

많은 사람들이 이주해 올 것이기 때문에 미리 개발 구역을 지정해 놓고 계획해 두어야만 했다.

　'캘리포니아 주에 열 곳을 잡고 네바다, 유타에 하나씩 만들어서 1만씩 쪼개야 되겠다. 문제는 장소인데…….'

　대찬은 토지를 살 때 농사를 짓기 위해 대부분 비옥한 땅 위주로 사들였다.

　'그런 곳에 사람을 살게 할 수는 없고 다른 곳에 마을을 만들어야 하는데, 땅을 더 사들일까?'

　그때 좋은 생각이 났다.

　'정부에서 얻어 내자!'

　이번에는 정부에 최대한 많은 것을 얻어 낼 생각이었다.

　'적당히 토지도 얻어 내고, 돈과 말단이기는 하겠지만 사회적 지위까지.'

　조금씩 많은 것을 얻어 가자 힘이 났다. 모든 것을 처음 시작했을 때는 당하기만 하고 마지못해 수긍했는데, 지금은 조금씩 원하는 것을 얻을 수 있었다.

　러시아는 서유럽과는 달리 20세기 초반에 들어서도 봉건적 악습을 실질적으로 타파하지 못했다. 비록 산업혁명이 시작되면서 표면적으로는 급속히 변화하고 있는 듯하였으나,

국가적 부와는 별개로 농민들의 삶은 비참하기 짝이 없었다.

산업혁명으로 노동자들이 급증하면서 사회주의 사상이 유입되어 1898년 러시아 사회민주노동당이나 급진주의자들의 당인 통합사회주의혁명당 같은 단체가 형성되기 시작하였고, 이들은 열악한 처지에 있던 노동자들을 쉽게 끌어들였다.

사회주의자들과 자유주의자들은 봉건적 제정을 타파하고 입헌군주제를 실시할 것을 요구했고, 농민들과 노동자들은 열악한 경제 상황을 개선시켜 달라며 시위를 벌였다.

하지만 그들의 요구에 돌아온 것은 황제의 총칼뿐이었다.

니콜라이 2세는 더 이상의 혼란을 막기 위해 1905년 10월 선언을 발표하여 정치 구조를 개혁할 것과 시민들에게 기본적인 권리에 대한 보장을 약속했다. 그리고 1906년 헌법을 제정하여 지방의회인 두마 등을 설립하나 실상 이것은 보여주기 용도였을 뿐이다. 두마의 권력은 황제에 의해 제한되어 있었다.

그러던 와중 전쟁이 터졌다.

전쟁이 끼친 영향은 어마어마했는데, 전쟁으로 인해 수백만의 젊은이들이 징집당했고 러시아 정부는 전비의 충당을 위해 막대한 양의 루블을 찍어 내게 되었다.

물가가 하늘 높은지 모르고 올라갔다. 특히 빵을 비롯한 생필품의 물가가 엄청나게 치솟았다.

농민들은 그들이 힘들여 키운 작물을 지주의 농간으로 헐값에 팔았고, 그 대가로 받은 돈으로는 비싼 식량을 살 수 없었다.

노동자들 역시 상황은 크게 다르지 않았다. 19세기 초반의 영국이 그랬듯이 기본적인 노동권조차도 제대로 지켜지지 않아 열악한 위생 상태 속에서 일했으며, 쉬는 시간도 그리 많지 않았다. 죽거나 다치는 자들이 속출해도 이들은 아무런 보호도 받지 못했다.

민생에는 관심 없고 전쟁에 빠져 있는 니콜라이 2세에게 대한 국민들의 불신감이 높아졌다. 이에 맞추어 자유주의자들과 사민주의자들, 급진적 공산주의자들까지 모두 개혁을 부르짖었고 수많은 정치단체와 노조 들이 결성되었다.

전쟁의 장기화는 러시아 제국의 경제를 끝도 보이지 않는 파탄으로 몰아넣었다. 배급제를 실시했음에도 불구하고 모든 물자가 턱없이 부족했고, 러시아 국민들은 이 상황을 더 이상 견디지 못했다.

1917년 2월 23일, 러시아의 노동자들은 이대로는 더 못 견디겠다며 파업을 실시했다. 러시아 정부는 이 파업을 진압하고자 군사력을 동원했으나 오히려 군대가 시위에 합류하면서 진압은커녕 불길이 점점 더 커지기 시작했다.

한편 수도 상트페테르부르크(페트로그라드)에서도 이런 물자 부족은 극심했고, 물자가 바닥나 더 이상 배급하기도 어려워졌다. 이에 먹을 것을 구하러 나온 부녀자들이 분노해 빵을 달라며 시위에 합류했다.

시위는 걷잡을 수 없이 규모가 커져 혁명이 되었고, 다급해진 니콜라이 2세는 황제에서 퇴위하였다.

황태자 알렉세이가 어렸기 때문에 동생 미하일 대공이 즉위해야 했지만, 미하일 대공은 혁명으로 구성된 제헌의회의 동의 없이는 왕위에 오르지 않겠다고 선언하면서 사실상 제정 폐지에 동의하였다.

결국 혁명 임시정부에 의해 제정이 폐지되면서 로마노프 왕조는 막을 내렸다.

3월 12일, 결국 사회주의자들이 페트로그라드 소비에트를 결성하고 3월 16일 러시아 임시정부가 결성되었다. 혁명의 결과로 공화정 형태의 정부가 구성되었는데, 주도적으로 임시정부를 구성하고 있는 사람들은 대부분 볼셰비키가 아닌 멘셰비키였다.

"드디어!"

러시아의 혁명 소식이 신문에 실리기 시작했다.

'러시아 황실 가족 전부 사형당한다.'

대찬이 연해주 대금의 지급 대상을 로마노프 황가로 해 놨던 이유였다.

'상황이 어떻게 변할지 모르겠지만, 내가 원하는 방향으로

만 진행된다면 6천만 달러가 세이브된다.'

분할 지급 방식으로 현재 두 번, 4천만 달러를 지급한 상황에서 혁명이 일어나 니콜라이 2세가 폐위되었다.

'그런데 이 계약 때문에 살아남은 사람이 생긴다면 변수가 생길 것인데…….'

변수가 생기더라도 이득을 취할 수 있는 상황이 아니라면 굳이 지급할 생각이 없었다. 그리고 미국도 지급 보류를 요청할 가능성이 굉장히 컸다. 사태 추이를 지켜보며 미국도 얻을 수 있는 이익을 챙길 것이기 때문이었다.

"뭐 상관없나?"

예상했던 일이기에 어떻게 진행되든 손해 볼 것은 없을 것이라는 판단이었다.

치치직.

이상한 소리가 들렸다.

"응?"

ㅡ사……장님. 치치직, 들리나요?

"무슨 소리야?"

화들짝 놀라 소리가 나는 방향을 보자 테슬라가 주었던 무전기였다.

ㅡ치치직, 사장…….

대찬은 무전기 송신 버튼을 누르고 말했다.

"테슬라 씨?"

-오! ……는군요?

"뭐라고요?"

-됐……. 실험……니다.

'헉! 송수신이 된다!'

어찌 된 영문인지는 모르겠지만, 기존 지어 놨던 미완성 무선탑이 조금의 역할은 하는 것 같았다.

"테슬라 씨? 어떻게 된 거예요?"

-……인력 보내 주세요.

"네?"

-여기…… 다시 실험……탑.

'대충 감이 오네.'

"탑 다시 만들 거라고요?"

-네!

"사람 보내 달라고요?"

-맞……. 그럼 이만…….

고개가 저절로 흔들어졌다.

'상상 밖의 인물이야!'

무려 채텀 섬과 샌프란시스코 간에 양방향 무선통신 기술이었다.

"으!"

다시 그때의 공포가 되살아나는 것 같았다.

'연구할 수 있게 보내 줘야겠지?'

기밀만 유지된다면 이 기술은 엄청난 값어치가 있었다.

"조만간 채텀 섬에 한번 가 봐야겠어."

진지하게 테슬라와 이야기해 볼 참이었다.

대학 생활을 열심히 하고 있던 명환은 졸업 시기가 다가오자 서부로 돌아가는 길을 택하는 대신 동부에 터를 잡고 살아볼 요량으로 식자재 사업을 시작했다.

그는 현재 가장 큰 곡물 회사를 두 곳이나 알고 있는 데다 끝없이 쏟아져 들어오는 이민자들을 보고 식량 수급이 가장 큰 이슈라는 것을 깨달은 것이었다.

그가 가진 재산으로도 충분히 사업 자금이 되었다. 대찬의 유통망을 이용해 싸게 대량으로 동부로 유입시켜 박리다매 형식으로 이주민들에게 판매하기 시작했다.

결과는 대성공.

빈민이나 다름없는 이주민들에게 싼값에 식량이 공급되자 아사자가 확연히 줄어들었고, 이 일로 이주민들에게 크게 인심을 샀다.

수익이 많이 나지는 않았지만 꾸준하게 매출이 늘어 갔고 탄력받은 명환은 이번에는 큰돈을 벌어 보려 다른 사업체를 만들었는데 그것은 완구 사업이었다.

완구 사업을 시작하게 된 계기는 해변에서 대찬과 놀던 어린 시절 조잡하지만 나무를 깎아 블록을 만들어 조립했던 것이 생각나서였다. 기발하다는 생각도 했고 안전한 장난감이라는 생각에 벌었던 돈을 전부 다 투자해서 셀룰로이드로 블록을 만들고 첫 번째 제품을 만들어 냈다.

희희낙락하며 당연히 성공할 것이라 생각했던 장난감은 판매가 굉장히 저조했다.

명환은 장난감의 콘셉트 부족 때문이라는 생각을 했다. 그래서 여러 가지 버전으로 만들어서 판매했지만 마찬가지였다.

"어휴, 이걸 어쩌지?"

이대로 간다면 망하는 것은 자명한 사실.

돌파구가 필요했다.

혼자 어떻게 상황을 헤쳐 나갈 수 있을지 고민하고 있을 때 방문자가 있었다.

"명환이, 잘 지냈는가?"

"서 선생님, 오랜만입니다."

"그래, 요즘에 힘들다지?"

"하하."

웃음 빼고는 달리 답할 말이 없었다.

"그런데 옆에 계신 분은 뉘신지요?"

"도움이 될 것 같아 힘들이 모셔 왔네. 인사하게 에드워드 버네이스 씨네."

"반갑습니다. 찰리 M. 고입니다."

"에드워드입니다."

간단하게 담소를 나누다가 본격적으로 에드워드는 명환과 사업 이야기를 해 나갔다.

"찰리 씨 설명대로라면 굉장히 창의적인 장난감 같습니다."

명환은 격하게 고개를 끄덕였다.

"맞습니다. 제가 기본 콘셉트로 몇 가지 성 모양을 만들어서 판매하고 있지만, 창의력만 있다면 무엇이든 만들 수 있습니다."

"그런 것 같습니다. 그런데 이게 왜 안 팔릴까요?"

"홍보도 충분히 했고 비싼 가격이라 안 팔리나 싶어서 가격도 낮춰 봤습니다. 그런데 이상하게 판매가 저조하네요."

"좋습니다. 한번 맡겨 주세요."

에드워드와 상담 후 얼마 지나지 않아 동부 신문에 기사가 실렸다.

뉴욕타임즈.

당신은 '고!' 완구를 알고 계십니까?

쉽게 생각하셔서 장난감으로 취급하는 제품이 이 블록입니다.

하지만 그렇게 쉬운 장난감도 아니지요. 뉴욕에 계시는 P 박사님과 블록 장난감에 대해서 대화를 해 보았습니다.

아메리칸
드림

놀라운 답변이었지요.

"지능 개발과 창의력 발달에 있어서 아이들에게 이보다 좋은 장난감은 없을 것 같습니다."

그렇습니다.

당신의 자녀가 즐기면서 똑똑한 아이로 자라날 수 있는 방법이 생긴 것입니다. 그리고 P 박사님은 한마디를 더하셨지요.

"어릴 적부터 성을 한 채 가지고 싶었는데, 이번 기회에 하나 가져도 큰 무리는 없을 것 같습니다."

이렇게 말씀하시고는 자신만의 성을 만들고 계십니다.

앞으로 미래에 필요한 인재상은 창의력 있으며 사고가 발달된, 지능이 높은 사람입니다. 그렇다면 이 완구는 당신의 자녀의 미래에 굉장한 도움이 될 것 같습니다.

-투고 에드워드 버네이스

에드워드의 투고 글 하나가 명환에게 준 파장은 어마어마했다. 당장 재고로 썩어 가길 기다렸던 제품들이 불티나게 팔리기 시작한 것이었다.

"대박이야!"

명환은 기쁨의 비명을 질러 댔다.

"대찬이에게 알려 줘야겠어."

한인의 위상을 가장 민감하게 생각하는 대찬에게 에드워드를 소개시켜 준다면 좋은 일이 생길 것 같았다.

똑똑.

"들어오세요."

"찰리 씨, 축하합니다."

"하하, 감사합니다. 덕분에 사업이 성공적으로 진행되고 있습니다."

"그렇습니까? 다행입니다."

명환은 에드워드와 같이 일을 하고 싶었다.

"혹시 앞으로 무얼 하시나요?"

"아, 정부에서 일을 맡아 달라 연락이 왔습니다."

"네? 정부요?"

"아무래도 큰일이 일어날 것 같습니다."

"큰일이면…… 하나밖에 없네요."

"그래서 이번에는 정부에서 일을 합니다."

"이런 안타깝네요. 소개해 드릴 사람이 있었는데."

"소개요?"

"혹시 존 D. 강이라고 아세요?"

"아! 소문만 무수히 많이 들었습니다."

"제 가장 친한 친구인데, 고민이 많이 있는 것 같아요. 에드워 씨가 해답을 찾아 줄 수 있을 것 같아서요."

"그럼 소개장을 써 주세요. 제가 서부로 갈 일이 생길 것 같은데, 한번 찾아가도록 하지요."

명환은 소개장을 써 주고 에드워드에게 대찬을 찾아가겠

다는 약속을 받았다.

미국 정부 인사와 재협상을 하는 자리.

벌써 수차례 협상을 했지만 협의되는 것 없이 지지부진하게 일이 진행되고 있었다.

"후, 가정당 600달러. 이 이상은 절대 불가입니다."

"1천2백만 달러가 조금 넘는군요."

그동안 타결되지 않은 효과가 있었는지 처음 지원금의 세 배가 되어 있었다.

'이만하면 됐나?'

대찬은 이 이상은 무리라는 것을 알고 있었다.

"좋아요. 가정당 600달러로 하고, 5천 세대만 먼저 보내 주세요."

"알겠습니다. 이제 계약서 쓰시지요."

협상이 된 상태라 나머지 자질구레한 일들은 급속도로 처리되었다.

"그리고 러시아에서 연락이 왔습니다."

가장 궁금했던 이야기가 나왔기에 대찬의 귀가 쫑긋 섰다.

"네."

"러시아에서는 약속대로 대금을 지불해 달랍니다."

"로마노프 황가는요?"

"마지막으로 첩보된 정보에 의하면, 아직 살아 있다고 하는데 지금은 모르겠습니다."

"정부의 입장은 어떤가요?"

"일단 보류입니다."

"보류……."

예측했던 그대로였다.

'미국 생각은 뭘까?'

대찬이 입수했던 정보에 의하면 참전은 이미 기정사실화되었다.

'동맹국이 될지도 모르는 러시아에 대금을 지불하지 말고 일단 보류하라? 나야 상관없지만…….'

앞으로 어떻게든 반응이 나타나게 될 것이고, 그때 가서 대응해도 절대 늦지 않는 상황이었다. 멘셰비키가 정권을 잡고 있었고 볼셰비키가 다시 한 번 혁명을 일으킨 다음 적백내전으로 치달을 것이었다.

'레닌은 봉인열차封印列車로 러시아 들어가고 있겠지?'

독일은 적국인 러시아에 혼란을 줄 생각으로 레닌의 러시아 복귀를 도왔다.

"알겠습니다. 일단 대금 지급은 보류하도록 하지요."

현 러시아 정권을 잡고 있는 사람들은 속이 쓰릴 테지만, 어찌 되었든 대금의 지급 대상은 로마노프 황가였다.

다변화

쾅!

케렌스키는 분노하고 있었다.

"이유가 뭐라고 하던가?"

"대금 지급 대상이 로마노프 황가로 되어 있으니 러시아에 지급할 의무가 없다고 했습니다."

"이런! 개 같은!"

러시아의 상황은 좋지 않았다.

국민들은 질질 끌고 있는 전쟁을 끝내기를 원하고 있었지만, 멘셰비키 사람들은 물러서지 않고 전쟁을 계속해서 치르고 있었다.

"압수된 황가의 재산으로 어떻게든 해결되고 있지만, 이대로 가다가는 똑같은 상황이 올 것 같습니다."

"로마노프 식구들은?"

"우랄 지방에 도착했다고 합니다."

"사람을 보내 무슨 수를 써서라도 채권양도를 하겠다는 문서를 받아 오도록 하게."

"알겠습니다."

보좌관이 나가자 케렌스키는 이마를 짚었다.

'쉽게 주지 않을 것이야.'

이제는 로마노프 황가의 생명 줄이나 다름없는 6천만 달러의 채권을 쉽게 넘겨줄 리 만무했다.

'어렵게 됐어.'

당연하게 받을 수 있을 것이라 생각했던 대금을 지급받지 못하게 되자, 러시아의 정부도 속이 타고 있었다.

✳

큰 전쟁이 일어나고도 중립을 유지했던 미국은 최근 고민이 몇 가지 있었다.

라코니아호 침몰 사건이 발생해 미국 내에 반독 감정이 일어났고 전쟁의 여파로 아시아에서 일본의 세력이 급성장하고 있었다. 그런 일본을 한인을 통해 적절히 제어했지만 불안했다.

마지막으로는 독일 제국의 외무장관인 아르투르 치머만이 멕시코 주재 독일 대사에게 보낸 비밀 전보문이 문제가 됐다.

치머만의 전보에는 독일이 미국과의 중립 유지가 불가능하다면 멕시코와 동맹을 맺으라는 지시가 담겨 있었는데, 멕시코에 할 제안은 일본을 동맹으로 끌어들여 미국을 공격하자는 것이었다. 그 대가로 독일은 멕시코에 재정적 지원과 함께 미국에 빼앗겼던 텍사스, 뉴멕시코, 애리조나를 되돌려 주겠다는 것이었다.

그러나 사실 미국은 전쟁을 이용해 무기를 비롯한 각종 군수물자 수출로 큰 수익을 올리고 있었기 때문에 참전할 이유가 없었다. 그래서 국제 정세가 자국의 안보에 심각한 영향을 미치지 않을 경우 중립을 지킨다는 내용의 '먼로 독트린'을 들어 참전을 거절해 왔다.

이에 영국은 독일의 전보를 도청해 미국에 대한 정보를 수집한 뒤 미국을 부추길 생각으로 암호 해독 기관인 '40호실'을 만들었다.

암호 해독에 난항을 겪던 영국은 독일의 암호 해독집을 손에 넣은 뒤 독일이 멕시코를 이용해 미국에 전쟁을 일으키려 한다는 전보를 모두 해독했다. 이어 해독한 전보를 윌슨 대통령에게 전달했고, 윌슨 대통령이 공개한 '치머만 전보'로 미국 내 반독 여론이 불었다.

The war to end war, The war to end all wars(모든 전쟁을 끝
내기 위한 전쟁)!

결국 이렇게 슬로건을 걸고 4월 6일 미국은 독일에 선전포
고를 하였다.

"으아아아악!"

고통에 찬 비명 소리가 집 안을 울려 댔다.

대찬은 미간을 한껏 찌푸리며 초조하게 서성이고 있었다.

"어휴."

할 수 있는 일이라고는 한숨을 내쉬는 것뿐이었다.

"가만 앉아라."

하와이에 있는 길재를 대신해서 길현이 방문했는데, 안절
부절못하는 대찬에게 차분히 기다리라 요구했다.

대찬은 눈치를 보며 자리에 앉았지만 곧 이상 증세가 나타
났는데, 다리를 떨고 손톱을 물어뜯는 행동을 했다.

"으악!"

최고조로 올라간 목소리가 집 안을 울렸다.

"응애, 응애!"

막 태어난 아이의 울음소리가 우렁찼다.

"축하한다!"

아메리칸
드림

"네, 네. 감사합니다."

불안한 마음이 씻은 듯이 사라지고 아빠가 되었다는 사실을 자연스럽게 알게 되었지만, 얼떨떨한 것이 실감 나지 않았다.

사람들이 분주하게 움직이고 얼마 지나지 않아 정리가 되었는지 엠마가 출산했던 방으로 대찬을 불렀다. 방으로 들어가자 하얀 피부를 가지고 있던 엠마의 얼굴은 상당히 붉었고 땡땡 부어 있었다.

'아!'

언제나 혼자서 상상만 했던 순간들이 눈앞에 펼쳐지자 알수 없고 느껴 보지 못했던 감정들이 생기기 시작했다. 가까이 다가가 아이의 얼굴을 보자 막 태어나서 쭈글쭈글하고 엠마와 똑같이 붉었다.

"아!"

자식이 태어나면 세상을 다 가진 기분이라고 했던가?

대찬은 그 마음을 이해할 수 있었다.

"축하해요. 아들이에요."

"아들……."

감격스럽기 그지없었다.

"엠마, 고마워요."

묘한 감정이 휘몰아쳤고 대찬의 눈시울이 붉어졌다. 급하게 눈가를 수습하고 산모와 아이가 쉴 수 있게 밖으로 나왔다.

"하하!"

이제는 웃음만 계속 나왔다.

감정을 주체할 수 없어 집밖으로 뛰쳐나가 소리를 질렀다.

"나도! 아빠가 됐다!"

누구하고도 나누고 싶지 않은 기분을 혼자서 마음껏 즐겼다.

"앞으로 걱정할 일 없을 것 같습니다."

에릭은 오타와에 갔다 퀸샬럿제도까지 들러서 온 까닭에 생각보다 긴 여정이 되었지만 확실하게 일을 마무리 짓고 왔다.

"어떻게 해결했어요?"

"오타와에서는 금시초문이라는 반응이었습니다. 그래서 상황에 대해서 정확하게 파악하고 있지 못하더군요."

"의외네요?"

"네, 아무래도 대부분 백인들만 살고 있는 국가이기 때문에 이러한 문제에 대해서 크게 생각하지 않고 있었습니다. 반응이 그러니 오타와에서 해결할 문제가 아니라고 생각하고 바로 퀸샬럿제도로 향했지요."

"그런 사정이 있었군요. 그럼 퀸샬럿제도에서 KKK단은 어떤 반응이었나요?"

에릭은 고개를 저었다.

"KKK단이라고 말하기도 민망한 수준이었습니다."

"네?"

"그냥 KKK단을 들먹이면 유리한 고지를 차지할 수 있다고 생각한 몇몇 사람들이 둘러댄 것이었습니다."

"허, 정말요?"

"믿기 힘드시죠? 저도 사실을 알고 나니 황당하더군요."

그 당시 상황이 생각이 났는지 양손을 들어 올려 겪었던 감정을 표현했다.

"아무튼 두 번 다시 이런 일이 생기지 않도록 조선소 직원들에게 약속을 받았습니다."

"잘했어요."

대찬은 해프닝으로 사태가 마무리되자 마음이 놓였다.

"그나저나 사장님, 득남 축하합니다."

"하하, 고마워요."

아들 이야기가 나오자 대찬의 입꼬리가 올라가기 시작했다.

"그런데 이름은 지으셨습니까?"

"아, 한인식 이름은 아직 없고, 영어 이름은 존 주니어라고 지었어요."

"하하, 사장님 이름을 그대로 붙였군요."

"그렇게 됐어요, 하하."

엠마의 강력한 요청에 의해 존 주니어가 되었는데, 처음에는 부끄러워했었지만 나중에는 잘 지었다는 생각이 들었다.

똑똑.

즐거운 대화가 오가고 있던 중에 덕원이 서류를 들고 왔다.

"뭔가요?"

"이번 이주민들 명단과 계획서 등등 해서 정부에서 보내온 것입니다."

"이주민?"

에릭이 궁금한 듯 물었다.

"유럽에서 이주해 온 이민자들을 정부에서는 서부에 정착시키길 원하고 있어요."

"제가 좀 봐도 되겠습니까?"

대찬은 대답 대신 서류를 건네주었다.

"흠……."

에릭이 심각하게 서류를 한 장씩 넘겨 보다 입을 열었다.

"이탈리아와 아일랜드 사람들이 대부분이군요."

"맞아요. 문제가 있나요?"

"아닙니다. 잠시 어떤 생각이 들었습니다."

"어떤 생각?"

"아일랜드 사람들을 놀릴 때 이렇게 말하지요. 하얀 흑인 이라고요."

"하얀 흑인이라고 불린다고요?"

"네, 수세기 동안 쌓인 복잡한 사정이 있습니다."

"그게 이주하는 데 문제가 될까요?"

"성공적으로 정착한 아일랜드 사람들이 많으니, 문제가 되지는 않을 것 같습니다. 다만⋯⋯."

에릭이 잠깐 뜸을 들이다 말을 이었다.

"너무 한꺼번에 많은 이주민이 서부에 들어오면 혼란이 생기지 않을까 걱정스럽습니다."

백인들 사이에서도 차별받는 민족이 있었는데, 그것이 아일랜드인이었다. 하지만 웃기게도 미국 사회에 성공적으로 진출한 것도 아일랜드인이었다.

"거기에 대해서는 생각한 것이 있어요."

미래 작성해 두었던 계획표를 꺼내 보여 주었다.

"섞으실 생각이군요!"

"맞아요. 서부의 최대 장점은 누구에게나 평등한 기회가 있다는 것 아니겠어요?"

고개를 끄덕였다.

"제가 맡아서 해도 되겠습니까?"

"하고 싶어요?"

"이상하게 꼭 하고 싶다는 생각이 드네요."

"좋아요."

이번 일은 대찬에게도 상당히 중요한 실험의 장이었기 때문에 일의 전부를 맡기지는 않았고 적당히 나누기 시작했는데, 에릭이 일을 맡겠다는 이유를 알 수 있었다.

'이탈리아인들에게 상당한 관심이 있었던 거였어.'

에릭은 이탈리아 핏줄이었기 때문에 이번 일에 관심이 많은 것 같았다.

✛

이민자들이 서부로 유입되기 시작하면서 대찬이 세워 뒀던 계획이 하나둘씩 진행되기 시작했다.

기존 농장에서 능력을 인정받은 사람들을 승진시켜 새로운 농장으로 발령을 냈고, 그들이 빠진 빈자리에 적절하게 이민자들을 넣었다.

이탈리아인들은 영어를 할 줄 모르는 사람이 많아 적응하기 힘들어하는 모습이 보였지만, 아일랜드인들은 영어를 하는 인구가 많아 적응하기가 훨씬 수월했다. 그럼에도 불구하고 불협화음은 끊이지 않았는데, 모두가 농장 일을 원하는 것이 아니었기 때문이었다.

그래서 '정착하여 자력으로 생활할 수 있을 때까지만 여기서 임시로 일하는 것입니다.'라고 말하며 이들을 달래기 위해 애썼다.

이주민들이 서부로 들어오면서 가장 문제가 된 것은 거처였는데, 빠른 속도로 인구가 유입되었기에 거주할 수 있는 집이 터무니없이 부족했다. 이에 남는 노동력으로 거주할 수 있는 주택을 서둘러 짓기 시작했다.

상황을 안정시키기 위해 열심히 노력했지만 서부는 혼란스럽기만 했다.

"말이 통하지 않아 시비가 생기는 경우가 많습니다."

"일정 거주 지역끼리 경계선이 생기고 서로 교류하려 하지 않습니다."

"예전에 비해 범죄가 많아졌습니다."

부정적인 이야기가 계속해서 나오고 있었다.

"아우! 머리 아파!"

의욕적으로 일을 시작했지만 사람이 관련된 일이다 보니 마음처럼 쉽게 되지 않았다.

"차라리 자연스럽게 흘러가도록 손을 떼면 좋아질까?"

답답한 상황을 돌파하기 위해 여러 가지 생각을 해 보았지만, 딱히 이것이 답이라고 할 수 있는 것이 없었다.

"조화롭게 지내면 얼마나 좋아?"

더욱 걱정인 것은 1차적으로 5천 가구가 왔는데, 여기서 더 많은 이주민들이 온다면 활활 타오르고 있는 불에 기름을 끼얹는 격이란 점이다.

"에릭 쪽은 어떻지?"

자진해서 일을 맡아 하겠다고 했던 에릭의 상황은 어떤지 궁금했다.

"전화해 볼까?"

수화기를 들어 전화를 걸었다.

-여보세요.

"존이에요."

-그렇지 않아도 전화드리려 했습니다.

"그래요?"

-네, 의논해야 될 것이 있습니다.

"뭔가요?"

-사람들이 원하는 곳에 정착하고 싶다고 합니다.

"원하는 곳? 그게 가능하겠어요?"

아무것도 없는 빈민이나 다름없는 사람들이었다. 원하는 곳에 정착하고 싶다지만 그러기 위해서는 돈이 필요했다.

-말하기를, 정부 지원금을 자신들에게 주면 알아서 살아가겠답니다.

대찬은 지원금에 대해서 곰곰이 생각해 봤다.

'틀린 말은 아니네.'

엄밀히 따져 지원금은 이주민들에게 지원해 주는 돈이었지 대찬에게 주는 건 아니었다.

"에릭의 생각은 어때요?"

－떠나겠다는 사람은 보내 주는 게 맞을 것 같습니다.

"좋아요. 대신에 계획서를 제출하라고 하세요."

－자세히 설명해 주시겠습니까?

"정부에서 지원금이 나오니, 이것이 어떻게 사용되었는지 정부에 증거 자료를 제출해야 될 의무가 있습니다. 그런데 떠나겠다는 사람들의 몫으로 지원금을 그냥 준다면, 우리의 입장에서는 일을 제대로 하지 못하는 것이 아닐까요?"

－지원금이 제대로 사용되었다는 증거를 원하시는군요.

"맞아요. 그리고 앞으로 계획을 수정하는 데도 좋을 것 같네요."

－알겠습니다. 그럼 말씀하신 대로 진행하도록 하겠습니다.

에릭과 의논한 대로 떠나겠다는 사람에게는 계획서를 받고 지원금을 주었다. 그러자 이주민들의 절반 정도가 지원금을 받고 자신의 인생을 개척하기 위해 떠났다.

혼란스러웠던 분위기는 어느 정도 사람이 빠지자 다시 원상태로 되돌아가고 있었는데, 이제는 다른 문제들이 생기기 시작했다.

"제기랄!"

신문을 보며 화가 잔뜩 나는 것은 어쩔 수 없었다.

"세상에 지원금을 노리고 이러한 짓을 하다니!"

갑자기 많아진 인구수에 치안에 구멍이 뚫리기 시작했고 지원금을 노린 강도 살인 사건이 급증하고 있었다.

똑똑

"들어와요."

심기가 불편한 와중에 방문자가 있었는데 에릭이었다.

"사장님, 죄송합니다."

"아니에요. 상당한 부분은 내 잘못이에요."

"정말 죄송합니다."

"그런 말은 이제 그만하고 어떻게 할지 대책부터 마련해 보세요."

"……."

"……일단 주 정부에 경찰 인력부터 늘려 달라 요청합시다."

"알겠습니다."

"그리고 지원금 지급은 당분간 보류입니다."

두 사람은 말이 없었다.

레닌을 비롯한 서른두 명의 러시아 혁명 망명자들은 독일 제국의 지원을 받아 '봉인열차'를 타고 1917년 4월 3일 늦은 밤에 러시아의 수도 페트로그라드에 도착했다. 그들은 도착하자 바로 볼셰비키 당사에 들어갔다. 그러고는 망명 생활 도중 준비했던 10개 항의 4월 테제를 발표했다.

"우리는 혁명의 첫 번째 단계에 도달했습니다. 이제는 두 번째 단계로 도약할 때가 왔습니다. 2월 혁명으로 수립된 공화국은 우리의 공화국이 아닙니다. 이 정부가 수행하고 있는 전쟁은 우리의 전쟁이 아닙니다. 우리에게는 '자유주의국가'는 필요하지 않습니다. 부르주아 민주주의도 필요하지 않습니다. 노동자, 농민, 소비에트 이외에 그 어떤 정부도 필요 없습니다. 우리에게 필요한 것은 '프롤레타리아독재(무산층독재)'뿐입니다. 자유주의, 민주주의, 부르주아적인 것들은 일절 거부할 것입니다. 우리 앞에 막중한 임무가 기다리고 있습니다. 이제 우리는 기필코 국제 혁명을 시작해야만 하는 것입니다."

이러한 레닌의 주장은 다른 사회주의자들은 물론이거니와 심지어 볼셰비키 내부에서조차 정신 나간, 아나키스트적인 헛소리로 여겨졌다.

그런데 러시아 내부의 위기는 점점 좋지 않은 쪽으로만 흘렀고 좋지 않은 경제 상황 때문에 많은 공장주들이 공장 문을 닫으면서 실업자가 늘어났다.

화폐 가치는 날이 갈수록 폭락하고 살기 힘든 노동자들은 계속해서 파업했다.

이러한 상황에 맞물려 처음에는 비현실적으로 들리던 레닌의 4월 테제는 시간이 지나면서 차츰 볼셰비키 당원들에 의해 수용되기 시작했다.

야심 차게 준비했던 서부 이주 계획이 성공적이지 않자 대찬은 다음 이민자들의 이주 계획을 늦춰 달라 요청했다. 지금도 펄펄 끓는 기름과 같은 상황이었는데 여기에 이주민이 더 유입된다면 감당할 수 없을 것 같았다.

"방법을 찾아야만 해!"

대찬은 계획서를 다시 꺼내 무엇이 잘못되었는지 하나씩 되짚어 가기 시작했다. 그럼과 동시에 계획과 현실이 다른 점을 찾기 시작했다.

"이상해, 유태인 거주 지역을 계획했을 때는 문제가 없었……."

순간 떠오르는 것이 있었다.

"아!"

이제까지 서부에 살고 있던 사람들끼리 문제가 없는 이유는 여러 가지가 있었다. 그중 눈에 띄는, 현재 상황과 다른 점이 있었다.

"문화적 교류가 있었어!"

기존에도 끊임없이 외부인이 유입되고 있었지만, 새로 자리 잡으려 하는 사람들의 경우 주변 분위기를 살피고 동화되기 위해서 노력했다. 반면에 현재는 너무 많은 이주민들이 한꺼번에 들어오다 보니 문화적 충돌이 적지 않은 것이다.

"섞어서 동화시키려는 것이 실패의 원인이었어."

앞서 유태인을 통해 대규모 정착지를 건설해 본 경험이 모든 것을 설명해 주었다.

"같은 문화권이라면 그동안 지켜 온 규칙이 있으니 새로운 규칙을 가질 필요가 없고 똑같은 방식으로 살아가면 된다."

미국의 지명을 본다면 코리안 타운, 차이나타운, 리틀 이탈리아 등 같은 언어를 쓰는 사람들끼리 뭉쳐서 거주지를 만드는 경우가 흔했다.

"당장 시험 삼아서 실행해 봐야겠네."

당장 지도를 펴서 정착지 계획을 다시 세우기 시작했다.

"거리를 벌려서 서로 마주칠 일이 없게, 위성도시처럼."

민족별로 거주 구역을 만들어서 배분했고 빠르게 지시를 내렸다.

다시 세운 계획대로라면 일자리를 제공하지 못하니 경제 활동에 문제가 생기는 사람이 나올 것이지만, 외부로 활동하기 위해 눈을 돌린다면 새로운 규칙과 언어를 익혀야 되니 충돌이 적을 것이다.

"만족스러운 결과가 나오길……."

기대 반, 걱정 반으로 이번에는 일이 원만하게 진행되길 빌었다.

"으!"

전혀 생각지도 못했던 일이 생겼다.

"무전기 시범을 보여 주시겠습니까?"

이 한마디에 대찬은 하늘이 무너지는 느낌이었다.

'어떻게 알았지?'

꽁꽁 싸매며 숨기기 바빴던 기술을 정부에서 이미 알고 찾아왔기 때문이었다.

마음이 철렁했지만 어떻게 알았는지 정보 유출 경로에 대해서 묻게 되었다.

"어떻게 알았나요?"

정부 인사의 답변은 아주 간단했다.

"특허를 확인하고 왔습니다."

이미 테슬라는 특허등록까지 완료한 후에 채텀 섬으로 떠난 것이었다.

'나만 불안했던 거였어?'

혼자서 전전긍긍했던 것이 바보 같다 생각했고, 오히려 이렇게 되니 마음이 편해지기까지 했다.

대찬은 정부 인사에게 무전기를 건네줬다.

"여기를 누르시고 말하면 돼요."

친절하게 사용법까지 알려 주자, 그는 확인을 했다. 몇 번의 대화가 오가고는 깜짝 놀란 표정이었다.

"와! 대단한 물건입니다!"

대찬이 생각하기에도 굉장히 대단한 물건이었다. 여기에 교환기를 통해 고유 번호만 넣는다면, 이동통신 회사를 만들어도 될 정도였다.

'그러기에는 몇 가지 문제가 있지만.'

하지만 그렇다고 안심할 수도 없는 것이, 천하의 테슬라가 어떤 발명품을 만들어 낼지 알 수 없었다.

"존 씨, 이 기술을 정부에서 사용하고 싶어 합니다."

"좋아요. 그런데 테슬라 씨는 채텀 섬에 가 있어요."

"알고 있습니다. 일단 성능을 확인하기 위해 방문한 것입니다."

"그럼 본격적인 협상은 다음에 하겠군요."

"맞습니다. 그러니 테슬라 씨도 다시 샌프란시스코에 오셔야 할 것 같습니다."

'오려나?'

이미 이 기술을 사용하고 싶다는 의사표시를 대놓고 하고 있으니, 테슬라가 샌프란시스코로 돌아와야 정부가 사용할 무선통신망을 만들 수 있을 것인데, 연구에 집중하면 외부와 단절하고 괴짜같이 사는 테슬라가 돌아올 것인가에 대해서는 회의적이었다.

"알겠습니다."

테슬라를 채텀 섬으로 보낸 것이 지금에 와서는 후회가 되었다.

정부 인사가 떠나고 대찬은 무전기를 들었다.

"테슬라 씨."

처음에는 대답하지 않다가 몇 번 더 불러 대자 그제야 답이 왔다.

─치지직. 네.

"다시 돌아오셔야 될 것 같네요."

─거절합니다.

대찬은 순간 장난기가 돌았다.

"거절은 거절합니다."

입 밖으로 뱉고 나서 아차 싶었지만 입가에는 슬며시 미소가 돌았다.

─치지직, ……싫습니다.

익히 예상했던 바였다.

"연구비가……."

─지금 갑니다.

치지직거리던 소리가 들리지 않았다.

◆

미국이 독일에게 선전포고를 했지만 실질적으로 당장 달

라지는 것은 없었다. 그저 똑같은 일상생활의 연속이었다.

하지만 군부대는 분위기가 달랐다. 기존 정규 사단들이 동부로 이동하기 시작했다.

그중에는 캘리포니아에서 멕시코를 견제하던 제1특수 보병사단 역시 있었다.

처음에는 여러 아시아계 민족들이 섞여 있었지만, 이제는 특수라고 부르지 않고 한인 사단이라고 부를 정도로 한인들이 주축이 되어 있었다.

"우리가 이번 전쟁에 참가해야 됩니까?"

짧은 질문이었지만 사람들마다 반응은 사뭇 달랐다.

"확실히 조국은 아니지만 미국인으로서 살고 있으니 미국에도 충성해야 되는 게 맞지 않겠습니까?"

"다시 되돌아갈 것인데 남의 나라 전쟁에 우리들이 핏값을 치르는 건 아니란 생각이 듭니다. 손 선생은 어떻게 생각하십니까?"

"뭐라 답하기가 힘들군요."

애국단의 수장으로 있는 명건에게는 하루에도 몇 번씩 사람들이 찾아와 똑같은 이야기를 반복해야만 했다.

"그럼 어찌하실 생각입니까?"

"흠……."

"답답하게 하지 말고 말씀 좀 해 보세요."

명건의 개인적인 생각이라면 몇 번이고 입 밖으로 한인들

의 참전에 반대한다고 했을 것이다. 참전을 해서 얻는 이득
보다 손해가 크다고 생각했기 때문이었다. 하지만 자신의 의
견을 내세우지 않고 있었다.

"금산 선생님과 이야기를 해 봐야 될 것 같습니다."

대찬의 이야기가 나오자 격렬하게 찬반을 토론하던 좌중
이 조용해졌다.

"확실히 그분의 의중이 중요하겠지요."

"맞습니다."

"그것이 사리에 맞겠지요."

"해서 지금 하는 이야기는 금산 선생님 말씀을 듣고 난 후
에 입장 정리를 해도 늦지 않을 것 같습니다."

모두가 고개를 끄덕였다.

"그럼 언제 만나 뵐 참이십니까?"

"면담을 요청해 놨으니 답이 오면 바로 갈 생각입니다."

답하기가 무섭게 대찬에게서 연락이 왔다.

"그럼 이따가 다시 뵙겠습니다."

"기다리고 있겠습니다."

애국단의 사무실은 대찬의 호텔과 가까운 곳에 있었기에
도보로 방문했다.

"어서 오세요. 답이 늦어서 미안합니다."

"아닙니다. 괜찮습니다."

"그런데 무슨 일로 면담을 요청하셨습니까?"

"사실 사람들 사이에서 참전의 찬반 여부 때문에 말들이 많습니다. 그래서 한인들이 어떻게 행동해야 할지 지침을 내려 주셨으면 합니다."

"아! 이 부분을 생각하지 못했군요."

대찬은 항상 광복군이나 미국 정부와의 대화에 익숙한 나머지 미국에서 생활하고 있는 한인들과 대화가 부족하다는 것을 느꼈다. 국민회나 애국단이 있었지만 국민회와는 따로 대화를 하지 않는 편이였고, 애국단은 최근 들어서야 대화를 시작했다.

"이런, 저의 불찰입니다."

"괜찮습니다."

행동에 대한 지침을 달라는 명건에게 대찬은 얼마만큼의 정보를 알려 줄 것인가에 대해 고민했다.

'믿을 만한 사람인가?'

명건에 관한 가장 큰 문제는 신뢰할 수 있는가였다. 회귀전 역사책에서 봤던 인물들의 성향과 행동에 대해서는 자세히는 몰라도 어느 정도 정보가 있는 편이였는데, 명건 같은 경우는 오로지 자신의 판단에 의해서 결정해야만 했다.

'지금까지 해 온 것을 보면 믿을 만하다.'

생각이 정리가 되자 어느 정도 정보를 알려 줄 필요는 있다는 생각을 했다.

"명건 씨가 내려 달라는 지침은 한인 전체의 방향인가요,

아님 애국단의 행동 방향인가요?"

"둘 다라고 생각하시면 될 것 같습니다."

지금 말로 생각보다 영향력이 있는 사람이라는 생각이 들자 신뢰할 수 있는 사람이라는 쪽에 추가 기울었다.

"좋습니다. 현재 미국 정부와 광복군 임시정부에서 비밀리에 맺은 협정이 있습니다."

"네? 언제 그런……."

"모르시는 게 당연합니다. 그래야 비밀이니까요. 지금부터 제가 하는 말은 대외비이며, 비밀 유지를 철저히 해 주셔야 합니다. 그러실 수 있겠습니까?"

"철저히 함구하도록 하겠습니다."

대찬의 말이 끝나기가 무섭게 명건의 눈빛이 굳건해졌다.

"임시정부와 미국이 맺은 것은 동맹입니다."

"헉! 정말이십니까?"

"사실입니다."

"그럼 광복은?"

"이미 약속되어 있습니다."

명건은 가슴이 뛰는 듯 흥분을 주체하지 못하고 얼굴이 붉게 상기됐다.

"그럼 언제 국내 진공을 하는 것입니까?"

"진정하세요. 아직 기다려야 하는 때입니다."

명건은 진정하려 애쓰는 듯했지만 좀처럼 쉽게 되지는 않았다.

"얼마나 기다려야 합니까?"

"30년을 약속했습니다."

순식간에 광복에 대한 기대감이 실망감으로 바뀌었는지 붉었던 얼굴이 원상태로 복귀했다.

"아, 아직 멀었군요."

"그렇습니다."

누구보다 가장 아쉬운 것은 대찬이었다.

나라가 망해 없어져 가는 시대에 회귀했고 돌이켜 보려고 기회를 엿봤으나 시대의 큰 흐름을 거스를 수는 없었다. 그저 때가 오기를 기다리고만 있었으니 제일 답답한 것은 대찬이었다.

"그럼 이번 참전은 찬성하는 방향으로 가야겠습니다."

"맞아요. 하지만 적극적으로 나설 필요는 없고, 때가 되면 기별할 테니 그때 적극적으로 참전하면 될 것 같습니다."

"그건 왜 그렇습니까?"

"우리는 한인이지만 미국인으로 살고 있습니다. 그렇기에 미국에 대한 의리로서 참전해야 하는 것은 맞지요. 하지만 남의 나라 전쟁이기 적극적일 필요는 없습니다. 다만⋯⋯."

"다만?"

"이번 전쟁을 기회로 삼아 목표했던 것을 얻을 수 있다면 얻어 내야 되지 않을까 싶습니다."

"생각하시는 것이 있으십니까?"

대찬은 대답 대신 미소로 답했다.

"이만하면 답이 되었을까요?"

"충분합니다."

남은 대화들은 명건이 질문하면 대찬이 답하는 식이였는데, 명건은 궁금한 것이 많은지 한참을 묻고서야 돌아갔다.

'내년에 적극적으로 한인들의 참전을 성원해야겠어.'

몇 가지 노리는 것이 있었는데, 미국 전체에 한인들의 참전을 알리는 것이 첫 번째였다. 그걸 계기로 한반도의 실태를 알리려는 것이다.

'슬슬 심리전도 진행해야지.'

가장 원하는 것은 동정이었다. 사람들이 가진 측은한 마음을 사서 일본을 압박할 수 있는 수단으로 삼길 원했고, 서부에서만 인정되던 한인들의 위상을 미 전국으로 높일 생각이었다.

'대규모 참전을 했다는 것만으로도 엄청난 도움이 될 것인데 나까지 참전한다면?'

위험한 상상이었다.

'하지만 내가 참전했을 경우 얻을 수 있는 것이 너무나도 많아.'

미국에서도 손꼽히는 부자가 나라를 위해서 참전했다는 이야기가 퍼진다면, 미 정부에서도 홍보로 써먹기 좋았고 대찬과 한인들 역시 얻을 수 있는 것이 너무너무 많았다.

'반대가 심할 텐데 어떻게 설득할지 그게 문제지.'

아직 1년이라는 시간이 남았으니 천천히 생각해 볼 일이었다.

같은 민족끼리 묶어서 정착지를 형성하자 효과가 금방 나타났다. 자잘한 시비가 사라지자 감정 상하는 일이 줄어들기 시작했고 사건 사고 발생이 현저히 떨어졌다.

"처음부터 이렇게 할 것을."

계획대로 될 것이라고 너무 쉽게 생각한 것이 패착이었다.

"이제 슬슬 일자리를 찾기 시작할 텐데."

일자리를 만드는 일에 개입할 것인가를 고민하다가 이내 마음을 접었다.

"경기가 좋으니까, 부족할 것 같을 때 일자리를 만들어 주는 것이 좋겠다. 그러면 농장에 일손이 부족할 텐데? 뭐 상관없나?"

이미 많은 농기계들이 개발되었기 때문에 대찬의 입장에서는 농기계를 이용하는 것이 수익적인 측면에서 훨씬 이득이었다.

"그럼 이 문제들은 일단락됐고. 이 사람들 교육을 시켜야 되겠는데……."

오랫동안 진행하고 있는 교육 사업에 이들을 끌어들여야 되겠다는 생각이 들었다.

캘리포니아 주는 현재 대표적으로 영어와 한국어를 사용하고 있었는데, 길거리를 걷다 보면 한글 간판도 적지 않게 걸려 있었고 정규교육을 받은 아이들은 대부분 한국어를 읽고 말하고 쓸 줄 알았다.

"지금까지 이렇게 만들려고 얼마나 많이 투자했는데, 이대로 포기할 수는 없지."

기존과 똑같이 무상교육과 무료급식을 미끼로 아이들을 끌어들인다면 충분할 것으로 예상되었다.

"이번에는 별문제 없겠지?"

이주 계획의 실패로 조금은 걱정스럽게 시작한 교육 사업은 성공적이었다. 아침과 점심을 제공하니 가난한 이민자 가정의 아이들의 출석률이 엄청나게 높았고, 이민자 가정에서도 자식들이 학교에 가서 식사를 해결하고 오자 오히려 이를 이용하기 위해 갓난아이들까지 함께 보냈다.

이런 일들은 바로 보고가 되었다.

'우리나라도 옛날에는 이랬다고 하던데.'

사람들이 겹쳐져서 똑같이 행동하는 것을 느껴 피식 웃고는 다음 지시를 내렸다.

"무상 유치원을 만들어서 학교 다니기 힘든 어린아이들

을 맡아 주고, 학교가 끝나면 데리고 귀가할 수 있도록 해 주세요."

처음에는 어리둥절했었지만 유치원의 역할을 설명하자 수긍하고 적극적으로 유치원을 만들기 시작했다.

'언젠가는 캘리포니아에서 한국어가 대표적인 언어가 되게 만들고 싶다.'

혼자서 캘리포니아 사투리를 상상하면서 키득키득했다.

니콜라이 2세는 오늘도 어김없이 찾아온 사내들 때문에 곤혹스러웠다.

"러시아를 위해서입니다."

가증스럽기 그지없는 행동에 대꾸할 가치도 없다는 듯이 콧방귀를 뀌었다.

사실 그는 자신이 소유하고 있는 연해주 채권을 넘겨준다면 자신은 물론 가족까지 몰살당한다는 것을 익히 잘 알고 있었다. 능력 부족으로 인해 황제로서 실패했지만 그동안 군림했던 기억과 경험 들은 생존에 대해서 지독하게 경고하고 있었다.

"……당신이라면 주겠소?"

"물론입니다. 조국을 위해서라면 무엇이 아깝겠습니까?"

'헛소리!'

하지만 처음과 달리 점점 사나워지는 사내의 눈빛에 결론이 지어지지 않는다면 무언가 큰 사달이 날 것 같았다.

한참을 실랑이를 하다 사내가 돌아갔다.

"어휴."

오늘도 무사히 넘어갔다는 것에 대해 안도의 한숨을 쉬었다.

우랄 지역으로 유배 온 지 벌써 한 달.

'이대로라면 모두 죽는다.'

구명줄이라고 생각하고 있는 채권도 언젠가는 다른 방법을 통해 빼앗아 갈 것이었으니 그 전에 살길을 찾아야만 했다.

'하지만 대화까지 검열당하고 있으니……'

지독하리만치 심한 감시는 티끌만큼의 작은 자유도 허락하지 않았다.

툭.

골똘히 생각에 잠겨 있던 그의 앞에 무언가 떨어졌다. 그것을 본 순간, 니콜라이의 죽어 가던 눈에서 살짝이나마 생기가 돌았다.

테슬라가 개발한 무선통신 기술은 정부와 무난하게 협상

이 됐는데, 정부는 뛰어난 성능에 크게 만족해했다. 그 결과 무선통신탑을 만들어 주고 연단 위로 사용료를 받기로 했다.

"그런데 또 개발한 것이 뭔가요?"

"%~#%$#~%$%$."

테슬라는 알아듣지도 못할 용어들을 써 가며 눈이 튀어나올 듯이 기쁜 표정으로 설명했다.

"알아들을 수 있게 설명해 주시겠어요?"

"음, 전기 충전이라고 해야 될까요?"

"전기 충전요? 혹시 배터리?"

"아하! 배터리에 써도 되겠군요."

테슬라는 뭔가 생각났다는 듯이 종이와 펜을 꺼내 잔뜩 적기 시작했다. 그 시간 동안 방해하지 않고 기다리자 테슬라의 입이 열렸다.

"전기를 이용하는 제품들 대부분이 전기를 백 퍼센트 온전하게 사용하는 것이 아닙니다."

"그런가요?"

"네, 어느 정도 손실이 발생하는데, 이를 감안하고 사용하는 것이지요. 그런데 여기서 그냥 버려지는 전력과 잔여 전력, 대기 전력을 다시 되돌려보낼 수 있으면, 전력을 낭비하지 않고 전부 다 사용할 수 있을 것이라고 생각했습니다. 그래서 한번 개발해 보았습니다."

"일종의 전기 재활용인가요?"

"다릅니다. 하지만 사장님의 ……로는 그렇게 생각해도 무방하다 생각합니다."

'뭔가 듣지 말아야 될 것 같은 말이라서 안 들린 것 같은데?'

고리눈을 뜨고 테슬라를 쳐다보자 엉뚱한 행동을 했다.

"그런데 배터리에 쓸 수 있다는 말은 무슨 뜻이에요?"

"똑같은 원리입니다."

"그럼 전기를 사용하는 모든 제품에 사용 가능하다는 말이에요?"

"그렇습니다."

"시제품은요?"

"시제품은 있는데, 한 가지 실험을 더 해야 합니다."

"어떤?"

"발전소에서 되돌린 전력을 받을 수 있는지, 못 받는다면 어떠한 방식으로 받을 것인지 실험해야 합니다."

돈이 새는 소리가 들렸다.

'설마 발전소를 세우려는 것은 아니겠지?'

"연구 비용은 얼마나 필요할 것 같아요?"

"넉넉잡고 3천만 달러만 주십시오."

테슬라가 돈에 대한 개념이 있는지 없는지 궁금해졌다.

"그 돈이 얼마나 큰돈인지 아시지요?"

"대충은 알고 있습니다."

"그런데 그 돈을 다 쓰시게요?"

"실험하려면 필요합니다."

그리고 뒤이어 설마 했던 단어가 섞여 나오기 시작했다.

"발전소도 만들어야 하고……."

테슬라는 한참을 떠들다가 째려보는 눈초리가 느껴졌는지 말을 멈추고 대찬을 쳐다봤다.

"오늘따라 어깨 위에 달린 머리가 굉장히 신비로운 우주처럼 보입니다."

"맘대로 하세요."

대찬은 포기했다.

아직까지 대박을 친 물건을 개발하지는 못했지만, 언젠가 하나쯤은 해 줄 것이라는 강한 믿음 때문이었다.

돌아가기 전에 대찬은 혹시나 해서 질문을 하나 해 보았다.

"냉장고 알죠?"

"알고 있습니다."

"그 냉장고 냉매를 개발하고 있는데, 영 지지부진하네요. 혹시 도움을 좀 받을 수 있을까요?"

테슬라는 흔쾌히 고개를 끄덕이고 반듯한 종이를 꺼내 이것저것 적기 시작했다.

"받으십시오."

너무 쉽게 아무것이나 적는 느낌이라 대충 받아 들고 사람을 통해 록펠러 연구소에 보냈다.

　며칠 뒤에 연락이 왔다.

　"드디어 냉매 개발에 성공했습니다!"

　철영이 사무실로 뛰어 들어오면서 소식을 알렸다.

　"네?"

　"사장님이 보내신 그 쪽지가 엄청난 도움이 됐다고 합니다."

　"헉!"

　미덥지 않은 테슬라의 행동에 일말의 기대도 하지 않았었다.

　'대박이 터졌다!'

　냉장고가 개발됨과 동시에 엄청난 폭풍이 불 것이다.

　"그런데 누구의 생각입니까?"

　"아, 테슬라 씨가……. 덕원 씨, 차 대기시켜요!"

　부랴부랴 수행단을 이끌고 샌프란시스코에 있는 자신의 연구소에 처박혀 있는 테슬라를 찾았다.

　바깥이 소란스러움을 느꼈는지 테슬라는 연구소 밖으로 나왔다.

　"여기 이 선부터 출입 금지입니다."

　조금도 양보하지 않겠다는 듯이 그어 놓은 선 앞에 우두커니 서서 연구소 입장을 저지하고 있었다.

　"테슬라 씨, 어떻게 된 거예요?"

"뭐가 말입니까?"

"냉매요!"

"별것 아닙니다."

"이미 알고 있었어요?"

"열심히 연구하다 보면 알 수 있는 것 중에 하나입니다."

"그럼……."

대찬은 지지부진하게 진행되는 배터리 문제에 대해서도 물었다.

"배터리 수명을 늘리고 용량을 늘리는 것이군요. 잠시만……."

연구소로 들어가서 얼마 지나지 않아 종이 한 장을 들고 왔다.

"가져가십시오."

무언가 빼곡히 적혀 있었지만 대찬은 이해할 수 없었다.

"그럼 이만."

테슬라는 볼일이 없다는 듯이 다시 연구소로 들어가 버렸다.

시크하게 돌아서는 모습을 보고 대찬은 잠시 멍했다.

'아, 이 사람 진짜구나!'

연구를 핑계로 밀실에 처박혀서 이상한 행동을 하는 괴짜라고 생각했었는데, 이 순간은 테슬라가 위대해 보였다.

가장 문제였던 냉장고의 냉매가 개발되자 시제품을 만들기 시작했다. 그러곤 완성되는 즉시 샌프란시스코로 가져와 대찬이 꼼꼼하게 확인하고 수정할 것을 지시했다.

"와!"

대찬은 깔끔한 하얀색 외관에 직사각형의 몸체를 보고는 뿌듯함을 느꼈다.

덜컥.

냉장고의 문을 열자 암모니아 향이 아닌 특유의 쌀쌀한 향이 느껴졌다.

안은 대찬의 지시대로 층층이 공간을 나누어서 보관에 용의하게 만들었고, 문짝에는 계란을 담을 수 있는 공간과 음료를 담을 수 있는 공간도 깔끔하게 만들어져 있었다.

"좋아요. 이대로 판매하면 되겠어요."

"알겠습니다. 그럼 기존 냉장고 공장은 어떻게 할까요?"

"기존 제품 판매도 꾸준한가요?"

"많지는 않지만 꾸준히 판매는 되고 있습니다."

비싸고 암모니아 향이 풀풀 풍기는 냉장고지만 식자재를 보관할 수 있다는 점에서 모든 것을 감수하더라도 사서 쓰고 있는 사람들이 꽤 있었다.

하지만 더 이상 그럴 필요가 없어졌다.

"정지시키세요."

"알겠습니다."

신제품의 월등한 성능을 본 철영 역시 판매를 중지해야 한다고 생각했었다.

"공장 부지는 크게 하고 신제품 홍보는 대대적으로 하세요."

이제는 제품 출시만 하면 되었다.

"이렇게 하도록 하겠습니다."

철영이 나가자 대찬은 수화기를 들어 기쁜 소식을 함께 나눌 사람에게 전화를 걸었다.

-하하, 전화 올 줄 알았네.

"하하, 이유는 아시겠지요?"

-그럼, 얼마나 학수고대한 일인가?

"이제 식자재의 혁명이 일어날 거예요"

-자네가 이야기했던 모든 것들이 이제 이루어질 시간이라는 말이겠지?

"맞아요."

-하하, 이제 한동안은 바쁘게 살아야 될 것 같구먼.

"어떤 것부터 하실 건가요?"

-할 게 너무 많아서 하나를 고르기가 힘들구먼. 그러는 자네는 무엇을 할 텐가?

대찬 역시 할 것이 너무나 많았다.

"저도 할 게 너무 많네요."

통화를 하는 두 사람은 바빠질 미래를 잔뜩 기대하고 있었다.

1917년 5월 12일. 퍼싱은 유럽 원정 미군 사령관직을 수락, 6월 23일 프랑스에 도착했다.

그는 프랑스 도착 직후 뒤따라오는 미군 부대들을 영국·프랑스 군대에 합류시키라는 명령을 받았다. 그러나 그는 우드로 윌슨 대통령으로부터 이런 명령을 받은 뒤 휘하 부대를 조각조각 나눠 전선에 배치하는 것을 거부했다. 그리고 그는 미군 부대들을 영국, 프랑스군 부대와 독립시켜 독자적 책임 전투 지역에 배치해야 한다고 주장했다.

그는 상부에서 어떤 작전 지시가 내려오건 언제나 '나는 강요에 따라 움직이지 않는다.'라고 말하며 미국이 독자적으로 움직이길 원했다.

한편 조지 패튼은 퍼싱 장군의 부관으로 유럽 전선에 오게 되었고 교착 상태의 참호전을 두 눈으로 확인할 수 있었다.

기병 장교였던 그는 어떻게든 전선을 돌파해야 한다는 생각을 가지고 있었는데, 곧 기병으로는 돌파할 수 없음을 알게 되었다. 결국 교착 상태를 타개하기 위해선 장갑차량이 주축이 되어 전선을 돌파해야 한다는 것을 깨달았다. 그리고 머지않아 전차가 전장의 주역이 될 것을 직감하였다.

"폐하, 어서 가셔야 합니다."

니콜라이는 고개를 끄덕였다.

황가에 충성하는 이들이 유배지를 습격했다. 그들과 우랄 지역의 유배지를 탈출한 지도 열흘이 지났다.

처음에는 남은 인생을 살 수 있다는 기쁨에 감격했지만 언제 도착할지 모르는 동쪽의 캐나다를 향해서 기약 없이 이동하기만 하자 슬슬 지쳐 가고 있었다.

그에게도 힘든 일정이었지만 내색하지 않고 슬그머니 가족을 돌아보았다. 안색이 파리해진 아들 알렉세이의 얼굴이 그의 마음을 더욱 착잡하게 만들었다. 알렉세이는 나이도 어리고 혈우병 환자였는데, 혈우병이 도져 다리를 쓰지 못해 사람들이 번갈아서 업거나 안고 이동하고 있었다.

"이보게."

"말씀하십시오."

"아들이 걱정되네. 더 편하고 빠른 이동 수단을 구할 수는 없겠나?"

사내는 고개를 끄덕였다.

"그렇지 않아도 이동 수단을 준비해 둔 곳이 멀지 않습니다."

희망적인 소식에 힘을 내 이동했다.

해가 가라앉을 시간이 되어서야 준비해 두었다는 곳에 도착할 수 있었다.

말과 마차 그리고 황제에게 충성하는 일단의 무리가 기다리고 있었다.

"폐하, 기다리고 있었습니다."

"오! 이바노프 경!"

익숙한 얼굴.

니콜라이가 믿을 수 있는 몇 안 되는 사람이었다.

"미하일은 어떻게 되었나?"

"상황이 복잡합니다."

"복잡하다니?"

"미하일 대공께서는 황제가 되기를 거부하셨습니다."

돌아가는 상황이 대충이나마 이해되었다.

'아! 그래서 나에게 찾아온 것이었어. 그렇다면 동쪽으로만 가면 살 수 있겠군.'

그를 구출한 사람들 역시 마음속에서 충성이 우러나왔다고는 할 수 없을 것이다. 하지만 연해주 대금이 그의 손에 있는 한, 위험한 상황이 일어날 확률은 확연이 줄어들 것이다.

'연해주 대금을 우리 황가, 특히 나의 앞으로 해 놓은 것이 신의 한수였군.'

미국에서 대금의 지급 대상을 황가로 하자고 했을 때 대신들의 반대가 많았지만 자신이 곧 러시아였기에 흔쾌히 수락했던 것이 지금은 방패가 되어 주고 있었다.

탕탕.

총소리가 들렸다.

흠칫 놀라 소리가 난 방향으로 고개를 돌리자, 불빛이 번쩍이고 큰 소리가 나는 것으로 교전 중임을 알 수 있었다.

"폐하!"

이바노프는 황급히 말을 가지고 왔고 니콜라이와 가족은 자리를 피해 부랴부랴 떠났다.

냉장고가 개발되고 대대적인 홍보가 더해지자 수요가 폭발적으로 증가하기 시작했는데, 공급되는 물량이 부족하여 웃돈을 주고 사는 현상까지 벌어졌다.

시중에 풀리는 물량이 너무나 부족했기에 허겁지겁 제2, 3 공장을 만들어서 물량 공급을 하기 위해 총력을 기울였다.

그동안 냄새와 고가인 탓에 부러운 눈길만 보냈던 주부들이 기존에 비해 저렴한 가격과 탁월한 성능의 냉장고를 노리기 시작했다. 여전히 비싸기는 했지만 꼭 구입하고 싶어 하는 물건이 되었고, 먼저 냉장고를 구입한 가정은 다른 가정을 초대해서 자랑까지 하는 진풍경도 벌어졌다.

대찬은 여기서 만족하지 않고 냉장 시설을 갖춘 차량을 만들기를 지시했는데, 진정한 식자재의 혁명을 이루기 위해서는 식자재가 상하지 않고 이동할 수 있는 기반이 마련되어야 했기 때문이었다.

"이게 한 달 수익이라고요?"

"맞습니다. 냉장고 인기가 하늘을 찌르고 있습니다."

제네럴일렉트릭사가 1911년 최초의 가정용 냉장고를 만들었고, 그 후 1915년 알프레드 멜로우즈가 조금 더 발전된 형태의 가정용 냉장고를 만들고 회사를 세워 백 퍼센트 수작업으로 연간 마흔 대의 냉장고를 생산했다.

대찬의 가전제품 회사 역시 스미스가 고안한 방식으로, 백 퍼센트 수작업은 아니었지만 수많은 공정이 사람의 손을 타야만 했다. 그래서 연간 2백 대 내외로 만들어지던 것이 지금은 하루에 수십 대는 생산하고 있었다.

"인기는 많은데 아직 수익은 크지 않네요?"

"생산량이 많지 않아 그렇습니다. 곧 2, 3공장이 완성되면 상당한 수익을 올릴 것으로 예상합니다. 그리고 동부 쪽에는 아주 적은 수를 제외하고는 공급도 하지 못하고 있는 실정입니다."

"알겠어요. 그리고 테슬라 씨 사무실에 냉장고 보내 줬지요?"

"네, 한 네 대 보내 줬습니다."

무언가 다시 하나 해 주길 바라는 마음으로 냉장고를 여러

대를 보내라고 지시했다.

'분명히 몇 대는 해체되고 실험용으로 쓰일 테니까.'

진지하게 관심 갖지는 않겠지만 호기심으로라도 한 번은 해체할 것이었다.

"음…… 그러고 보니."

만들어지고 있는 제품의 외관이 모두 다 천편일률적인 것이, 디자인의 변화가 필요하다는 생각을 했다.

'디자인? 색?'

고대부터 수많은 유행이 있었다. 현재 그리고 미래에서도 유행에 민감하고 남들과 다른 모양 혹은 조금 특이한 것을 가지고 싶어 하는 성향은 늘 있었다.

대찬은 자신의 사무실을 눈으로 쭉 둘러보았다.

'확실히 색상이 굉장히 단순해.'

잘 꾸며진 미래의 사무실과 비교하자면 굉장히 올드하고 클래식했다.

"철영이 형, 혹시 냉장고가 빨간색이라면 어떨 거 같아요? 혹은 분홍색이나."

"글쎄요?"

철영은 잠시 생각을 하더니 어깨를 으쓱였다.

"색상에 민감한 사람들이라면 기존의 하얀색 일색인 냉장고보다 그런 색상을 가진 제품을 구입할 것 같습니다."

"자극적이지 않은 빨간색과 분홍색을 칠해서 소량만 판매해 보세요."

"알겠습니다."

대찬의 지시는 곧바로 빨간색과 분홍색의 냉장고 출시로
이어졌다. 처음에는 호기심 가득한 눈으로 보았던 사람들의
반응이 폭발적으로 바뀌었다.

남들과는 다르다.

나는 특별하다.

이런 생각을 가진 사람들이 주로 구입했는데, 특히 혼자
살거나 예술 계통에 종사하는 사람들에게 인기가 많았다.

색상에 대한 반응이 탁월하다고 느낀 대찬은 디자인 개발
을 할 필요성을 느꼈다.

'무언가 조금 더 특별한 제품을 만들고 한정판으로만 만들
어서 판다면?'

같은 제품이지만 더 비싼 돈을 주고서라도 살 사람들이 많
을 것이다.

대찬은 회의를 위해 간부들을 소집했다. 그리고 기존에 판
매하던 몇 가지 완제품도 가지고 와 나란히 세워 두었다.

"여러분, 이 제품들을 어떻게 생각하세요?"

"좋은 제품입니다."

"많이 판매되는 제품들입니다."

제품에 대해서 칭찬만 했고 다른 생각과 의견은 없는 듯
보였다. 슬쩍 철영을 보니 대찬이 묻고자 하는 질문의 의도

를 알고 있었지만 굳이 답을 하진 않았다.

"프랭크 씨."

대찬은 미리 프랭크에게 이번 일에 대해서 설명하고 협조를 구했는데, 그는 새로운 일에 대해서 오히려 더 관심 있어 했다.

그는 담담하게 앞으로 나와 돌돌 말아 놨던 종이를 펴 그림이 잘 보이게 걸었다. 그러자 간부들은 꼼꼼하게 살펴보기 시작했다.

"여기 보이는 그림은 집 안 내부 구조를 그린 것입니다. 왼쪽은 기존 색상의 제품들로 채워 넣은 집 안 구조이고 오른쪽은 색상이 있는 집 안 구조입니다."

대찬은 말을 잠시 멈추고 준비되어 있는 상자에 손을 넣었다.

"자, 여기 오른쪽 집에 기존 제품을 넣으면."

상자에서는 작게 만들어진 그림이 나왔고 그 그림을 오른쪽 그림에 붙였다.

"무난하죠? 그럼 다음 색상이 있는 제품."

붙였던 그림을 떼고 화려한 색상을 입힌 제품을 붙였다.

"잘 어울리죠? 무슨 차이일까요?"

"색상과 배경의 차이인 것 같습니다."

"맞아요. 그렇다면 여기 오른쪽 그림에 살고 있는 사람은 어떤 제품을 가지고 싶을까요?"

간부들은 이구동성으로 외쳤다.

"오른쪽!"

"맞습니다. 지금 밖을 보시면 굉장히 화려하고 개성 넘치게 변하고 있어요. 그렇다면 우리가 선두 주자가 되는 것이 어떨까요?"

"유행을 이끌자는 말씀이십니까?"

"맞아요."

"남들에게 보여 주는 것이 아닌데도 유행이 따로 있겠습니까?"

"그래서 생각한 것이 있습니다."

"경청하겠습니다."

"현재 판매하고 있는 판매점을 집처럼 꾸미는 것입니다."

"집이라 함은?"

대찬이 그림을 툭툭 쳤다.

"이 모습을 재현하는 것이지요."

곳곳에서 탄성이 터져 나왔다.

"획기적인 생각이십니다!"

"아울러 이 모습을 디자인할 회사도 만들고, 색상을 만들어 낼 색채 회사도 만들 것입니다."

"색채 회사는 무엇입니까?"

이어 대찬이 턱짓하자 프랭크가 다른 종이를 집어 들어 걸었다. 그 종이에는 온통 빨간색만 존재했는데, 조금씩 색상이 달랐다.

"전부 다 무슨 색입니까?"

"빨간색……."

미묘하지만 확실히 색상의 질과 가지는 느낌이 달랐다.

"어떤 게 인기 있는 색일까요? 그리고 빨간색은 이게 다
일까?"

"……."

짝짝짝!

회의실은 박수 소리로 가득 찼다.

전쟁에 지쳐 평화를 바라는 국민과 병사 들에 반해 육군장
관을 겸임하였던 케렌스키는 제1차 세계대전의 지속을 주장
했다.

6월 16일(율리우스력), 그는 독일 제국과 오스트리아–헝가리
제국의 갈리시아 공격을 시작한다. 서전 승리에도 불구하고
병사들의 사기 하락으로 전선은 붕괴되고, 7월 2일 작전은
실패로 끝났다.

7월 6일에는 반대로 독일, 오스트리아군의 반격이 시작되
었고, 러시아군은 후퇴를 거듭하여 급기야 8월에는 독일군
의 공세로 리가를 빼앗긴다.

러시아 임시정부의 리더십은 붕괴되고 전선에 구멍이 뚫렸다. 케렌스키는 이에 대한 책임을 브루실로프에 떠밀어 그를 해임하고 소환하였다.

케렌스키 공격 실패를 계기로 병사들의 전쟁에 대한 불만과 노동자들의 배고픔, 어려움에 대한 불만이 폭발했다.

7월 3일~7월 7일(율리우스력)에 페트로그라드에서 볼셰비키가 이끄는 노동자와 병사들이 거리로 나와 임시정부에 대한 봉기를 시작했다. 페트로그라드 앞바다 해군 기지 섬 크론에서 수병 2만 명 정도가 무장을 하고 페트로그라드로 행진하며 권력 집중을 요구했다. 페트로그라드와 모스크바의 노동자들도 같이 봉기하여 사태는 커졌다.

페트로그라드에서는 시가전이 일어났지만 임시정부는 군대를 지휘하여 봉기를 진압했다.

이 7월 봉기에는 복잡한 사정이 있었는데, 케렌스키가 속한 멘셰비키는 러시아사회민주노동당 내에서도 온건파였다. 멘셰비키는 마르크스의 입장에 충실하게 따라 현 단계에서는 부르주아 민주주의 혁명을 해야 된다면서 임시정부에 협력하고 있었다.

이러한 상황에서 레닌은 병사들에게는 평화를, 농민들에게는 토지를, 노동자들에게는 빵을 약속했다. 그는 부르주아들에게 일단 정권을 넘기고 기다린 다음에 프롤레타리아혁명을 하자는 멘셰비키의 주장은 언어도단이라며 당장 권력을 노동자, 병사, 농민 소비에트에 넘기고 제헌의회를 소집하라는 주장을 전개한다.

하지만 봉기는 실패했고, 이후 임시정부는 볼셰비키가 반란을 부추기고 있다며 비난하고 체포령을 내렸다.

블라디미르 레닌이나 그리고리 지노비예프를 포함한 볼셰비키 지도자는 체포를 피해 몸을 피했고, 일시적으로 볼셰비키의 세력은 후퇴했다.

7월의 소비에트에 의한 대중운동 탄압으로 말미암아 사회주의 임시정부와 소비에트 지도자들은 더 이상 소비에트에 영향력을 행사할 수 없게 되었다. 따라서 그들을 지지해 줄 새로운 대의기구가 필요하게 되었다.

8월 말에 임시정부는 제헌의회에 앞선 임시 의회로서 '민주회의'를 구성하고, 이 민주회의로 소비에트를 정치적으로 대체하려는 시도를 했다.

민주회의는 사회 각계각층을 대표하는 사람들로 구성되었기 때문에 형식적으로는 소비에트보다 명분이 있는 대의 기구였다. 하지만 혁명을 지지하는 사람들로 구성된 소비에트에 비해 혁명 세력의 영향력은 크게 축소되었을 뿐만 아니라, 반혁명 세력을 비롯한 보수 세력들이 다시금 발언권을 얻을 수 있는 기구였다.

웃기게도 혁명 세력에 의해 그 권위를 인정받았던 소비에트 지도부와 임시정부가 그들의 권위를 반대자들에게 기대어 유지하려는 아이러니한 상황이 벌어졌다.

우왕좌왕하는 임시정부와 멘셰비키를 본 입헌민주당과 왕당파는 육군참모총장 코르닐로프 장군을 내세워 반혁명 군사 쿠데타를 일으킨 후 병력을 차출해 페트로그라드로 진격했다.

멘셰비키는 쿠데타에 직면하자 임시정부 소속의 군인들을 믿지 못하였고 볼셰비키의 적위대 등 무장 세력에 구원을 요청하며 무기까지 공급해 주었다.

코르닐로프의 쿠데타는 볼셰비키의 설득을 받은 군인과 러시아군 병사들이 코르닐로프를 배신함으로써 유혈 사태에까지 이르지 못한 채 실패했다. 결국 코르닐로프와 그 지지자들은 페트로그라드로 들어가 보지도 못한 채 체포됐다.

볼셰비키는 노동자들과 병사들의 지지를 받기 시작했다. 5개월 전에는 과격 소수파에 불과했고, 한 달 전엔 불법화되었던 볼셰비키는 9월에 드디어 페트로그라드와 모스크바 노병 소비에트에서 다수파로서 혁명의 전면에 나타났다.

이와 같이 볼셰비키에 지지자가 많아지는 일이 벌어진 것은 멘셰비키의 잘못된 판단 때문이었는데, 대중운동이 잠잠해졌던 것은 그 에너지를 잃었던 것이 아니라 구심점을 잃었기 때문이었다. 이제 다시 뭉쳤으니 지지자들의 혁명 에너지는 펄펄 끓어올랐다.

소장하기 위한 그림을 구입하기 위해 한창 감상하고 있는 찰나에 준명이 찾아왔다. 그리고 고민이 있다며 말을 꺼냈다.

　"원하는 것이 너무 많아."

　"누가?"

　"처가에서."

　"뭘 원하는데?"

　"함축적으로 이야기하자면 같이 많은 수익을 올리자는 것인데……."

　"그런데?"

　"자꾸 회사의 정책에 대해서 간섭을 해."

　"뭐라고!"

　"그러니까……."

　처음에는 카길의 곡물을 구입해서 제품으로 만들어 판매했었다. 하지만 전투식량의 기술을 일정한 금액을 받고 제공하자 기술을 배운 기업들은 대부분 독자적인 전투식량을 만들 수 있게 되었고, 이로 인해 카길의 수입은 어느 선에서 멈췄다. 그러자 수익을 늘리기 위해 준명을 통해 수익을 만들 수 있는 상황을 만들려고 한 것이다.

　"허, 그래서?"

"일단 회사 정책이 우선이니까 외면하고는 있는데, 점점 아내를 통해서 압박이 심해지고 있어."

"정확히 원하는 게 뭔데?"

"가장 크게 문제 삼는 것은 왜 그렇게 땅을 많이 사느냐는 거지."

"곡물 가격 폭락 때문에 그러는 거야? 그렇다면 문제 될 게 없잖아 최근 쌀농사를 크게 늘렸는데?"

밀을 주식으로 하는 서양인들과는 다르게 동양인들은 대부분 쌀을 주식으로 삼았다. 그렇기에 카길과 겹치지 않았다.

"근데 내 생각에는 그냥 꼬투리 잡는 거야. 중요한 건 따로 있는 거 같아."

"그게 뭔데?"

"아무리 생각해도 지분 때문에 그러는 것 같은데……."

"지분? 다 네 앞으로 돼 있잖아."

"카길 쪽에서는 우리 지분을 전혀 가지고 있지 않잖아."

"정당한 거래였어. 알잖아, 전투식량 기술을 넘기는 대가로 얼마를 받았는지! 더군다나 카길도 어느 정도 대가를 챙겼잖아. 그래, 좋아. 그래서 너는 어떻게 했으면 좋겠는데?"

"그래서 고민인 거야! 한번 혼내고 싶은데, 처가라 함부로 할 수가 없어서."

"아, 그런 거였어?"

대찬은 준명이 우리 지분을 나누어 주자고 할 줄 알았는데, 반대로 혼내고 싶은 걸 참고 있다는 말에 웃음이 났다.

"그럼 준명이 네 재량껏 혼내."

"그래도 될까?"

"당연하지."

이제까지 카길에 맛있는 밥상을 차려 주었다. 미래에 굉장한 회사가 될 테지만, 현재는 대찬의 회사가 아니라면 지금의 수익은 꿈도 꾸지 못할 카길이다.

'하나를 주면 둘을 달라고 그러고, 호의가 계속되면 그게 권리인 줄 안다더니⋯⋯.'

회귀 전 인상 깊게 보았던 '부당거래'라는 영화에서 감명 깊게 들었던 대사였다.

"뭐든지 과하면 안 되지."

"뭐라고?"

"응? 아니야."

"그럼 이번 일은 그렇게 진행할게."

"그렇게 해."

대화가 끝나자 준명이 떠났고 다시 그림들이 보기 좋게 걸리기 시작했다.

"이번 작품은 그렇게 원하셨던 고흐의 '별이 빛나는 밤'입니다."

"아!"

익숙한 그림이 대찬의 눈앞에 있었다.

그림에 대해서는 별다른 조예가 없었지만, 확실한 점은 마음에 쏙 든다는 것이었다.

"사장님이 이 그림을 왜 그렇게 원하셨는지는 모르겠지만, 간단히 설명해 드리겠습니다. 이 그림은 고흐가 병실 밖으로 보이는 밤의 풍경을 자신의 기억과 상상력을 더하여 그린 것으로 유추할 수 있습니다. 보이는 풍경은 그의 고향인 네덜란드를 연상하기 충분한데, 자신만의 독창적인 상상력을 더했습니다."

대찬은 설명에 고개를 끄덕였다.

'뿌듯하다.'

기존에도 유명한 그림을 몇 가지 보았지만, 그때와는 달랐다. 순수하게 자신이 가지고 싶어 하는 그림을 가질 수 있는 것이 더 만족스럽고 뿌듯했다.

"이건 사도록 하죠."

"정말이십니까?"

"문제 있습니까?"

"아, 아닙니다."

계속해서 그림을 보기 시작했고 마음에 드는 그림을 더 샀다.

집으로 돌아가자 엠마가 뚱한 표정으로 대찬을 보았다.

"저게 어디가 명화라는 거예요?"

아메리칸
드림

"좋지 않아요?"

"그냥 어린아이가 그린 것 같은 느낌이에요."

"하하, 엠마, 나랑 내기할래요?"

"무슨 내기요?"

"엠마가 선택한 그림과 내가 선택한 저 그림 둘 중에 50년 뒤에 어떤 그림이 더 인정받는지."

"좋아요."

두 사람은 내기를 했다. 대찬은 고흐의 '별이 빛나는 밤'을 선택했고 엠마는 모네의 '지베르니 부근의 센 강변'이라는 작품을 선택했다.

'응? 저 그림도 굉장한데?'

살짝 불안한 마음이 들었다.

'고흐 님! 믿습니다!'

대찬은 마음속으로 고흐에게 이기게 해 달라고 빌고 난 다음 엠마를 보았다.

"그런데 무슨 내기를 하죠?"

"미술품을 한 사람이 다 갖기요!"

"좋아요. 단 조건이 하나 있어요."

"뭔가요?"

"우리 민족의 미술품은 안 돼요."

광복을 맞이한 이후에는 전부 돌려보내야만 했다.

"물론이에요."

"그런데 모네라는 작가는 아직 살아 있다고 하지 않았어요?"

"맞아요."

"미국으로 언제 한번 초대해 봐요."

모네라는 이름이 작지는 않으니 그림을 구할 수 있으면 좋을 것이라 생각했다.

"초대에 응하면 좋겠지만 모르겠어요."

엠마는 어깨를 으쓱하며 불확실함을 알렸다.

참전

미국이 참전하면서 군수 업체들도 덩달아 바빠지기 시작했다. 대찬의 회사 역시 그중에 포함되어 있었는데, 자국 군대이기 때문에 가장 우선순위로 물품 보급이 이루어졌다.

4월에 유럽으로 떠나간 병력은 20만이었고 현재도 꾸준히 병력이 보내졌기 때문에 군수업의 특수는 끝이 보이지 않았다.

'앞으로 3백만은 더 파병될 거니까.'

미국 군대만으로 벌어들이는 수익이 대충 가늠이 되었다.

'반대로 내년에 전쟁이 끝나니, 이제 군수품으로 돈을 버는 시간은 얼마 남지 않았네.'

이제는 전쟁이 끝나고 난 다음 어떤 사업을 할지 준비를 해야 했다.

'일단 전쟁이 끝나면 세계시장이 문을 닫을 건데…….'

전쟁에 직접적으로 참여한 국가들은 폐허가 된 자국의 내수 시장 활성화를 위해서 수입을 제한할 것이다.

'만약 그렇게 된다면 우리 회사는?'

현재 막대한 수익을 올리는 물품들은 수출용이 대부분이었다.

'전자 제품 회사가 있기는 하지만…….'

마찬가지로 내수 시장으로 어느 선까지는 수익이 보장될 것이었지만 수출이 막힌다면 타격을 입을 게 확실했다.

'수출에 의존하던 것을 줄여야 될 필요가 있다.'

지금부터 적은 수익이더라도 미국의 내수 시장만으로도 살아남을 수 있는 기반을 만들어야만 했다.

'식자재 사업을 꼭 해야겠다.'

냉동차를 만들 수 있다면 식자재 유통에 대해서 누구도 따라 할 수 없으니 최고의 사업이 될 것이다.

'그리고 이제 슬슬 내가 기억하고 있는 제품들에 대해서 힌트를 줘야겠다.'

이미 스미스에게 토스트기에 대한 힌트를 주었지만 아직 개발이 되지는 않았다.

'뭐 언젠가 개발할 테니 걱정은 없고…….'

종이 한 장을 꺼내 만들어야 될 제품을 적기 시작했다.

'전자레인지, 헤어 드라이기, 믹서, 손잡이 믹서, 커피포
트……'

종이 한 장을 가득 채우고서야 손이 멈췄다.

'많네.'

간략하게 힌트를 적어서 밀봉해 스미스에게 보냈다.

'이제는 알아서 만들겠지?'

"아구구."

자리에 오래 앉아 있었더니 찌뿌듯해 서서 간단히 스트레
칭을 했다.

똑똑.

"들어와요."

당연히 덕원일 거라 생각했지만 다른 사람이었다.

"사장님, 안녕하십니까?"

"아! 유일한 씨!"

"덕분에 학업을 마치고 왔습니다."

"하하, 어서 와요."

일한은 졸업증명서를 대찬에게 건네주었다.

"이제 무슨 일을 하면 될까요?"

자신감이 가득한 것이, 무엇을 맡기든 잘 해낼 것 같았다.

'무얼 맡겨 볼까?'

문득 생각난 사업체가 있었다.

바로 홈쇼핑이었다. 대찬이 야심 차게 미래를 생각하고

만든 사업체였는데, 현재 매출은 간신히 적자만 면하고 있었다.

서랍을 뒤져 사업체 보고서를 꺼내 들었다.

"여기로 가서 한번 해 보세요."

"알겠습니다."

일한은 대찬에게 받은 사업체 보고서를 일단 꼼꼼하게 읽기 시작했다.

'기발한 생각이기는 하네.'

하지만 문제점이 전혀 없는 것은 아니었다. 제품에 대한 신뢰도가 낮아 선뜻 주문하기 힘들었고, 제품 판매를 위해 자체적으로 신문을 만들어 배포하였지만 문맹률이 높아 홍보가 제대로 되지 않고 있었다.

문제를 파악하자 바로 시정하기 시작했다.

문맹률 덕에 무슨 상품인지 인지하지 못하는 사람들이 쉽게 알 수 있도록, 사용하는 여러 모습을 사진으로 찍어 글자 수는 줄이고 그림만으로도 어디에 쓰는 물건인지 알 수 있도록 바꾸었다.

그다음엔 제품에 대한 보증을 했다.

"구입 후 1년 동안 제품에 대한 보증과 고장 시 수리까지 책임집니다."

제품에 대한 신뢰도를 상승시키는 것이 통했는지 조금씩

매출이 늘어나기 시작했다. 하지만 여전히 만족하지 않은 일한은 한 가지 꾀를 내었다.

트럭을 한 대 준비해 겉에 홈쇼핑 회사의 자동차임을 알아볼 수 있게 크게 그렸다. 그러고는 준비된 자동차를 통해 고의로 교통사고를 내었다.

자동차 속도가 빠르지 않았고 많지 않았기에 교통사고가 흔한 일을 아니었는데, 그 때문에 사고가 나면 크게 이슈가 되곤 했다.

일한의 이런 계획은 적중했다. 쉽게 볼 수 없는 교통사고를 취재하기 위해서 기자들이 몰려들기 시작했던 것이다.

기자들이 찍은 차량 사진에는 홈쇼핑의 이름이 선명하게 박혀 있었다. 그게 기사화되기 시작하면서 사람들의 입에 오르내리기 시작했다.

사람들의 뇌리에 각인된 순간부터는 무엇을 하는 회사인지 무엇을 파는지 쉽게 알 수 있었고, 그다음부터는 매출이 폭발적으로 올랐다.

"유일한 사장님."

"네?"

"사장님이 올라오시라고 합니다."

"알겠습니다."

대찬은 유일한이 했던 모든 일을 보고받았다.

"하하하."

문제점을 파악하고 해결한 후 사람들의 이목을 끌기 위해 적절하게 이슈까지 만든 능력에 감탄할 수밖에 없었다.

"일한 씨 능력에 감탄했어요."

"아닙니다. 아직 부족합니다."

"아니에요. 단시간에 이렇게 능력을 보여 줄 거라곤 생각을 못 했네요."

짧은 시간 동안 자신의 능력을 보여 준 일한의 이야기는 사내의 모든 간부들에게 널리 알려진 상태였다.

"그래서 이번에는 더 어려운 일을 맡겨 보려고 해요."

"말씀하십시오."

"동부 진출을 계획해 보세요."

세계의 모든 부가 몰려 있는 동부.

탁월한 능력과 기발한 생각을 보여 준 일한과 함께라면 가능할 것 같았다.

"알겠습니다."

여전히 자신만만한 모습이 대찬은 굉장히 믿음직했다.

"그리고."

대찬은 두꺼운 서류를 꺼냈다.

"앞으로 일한 씨가 맡을 사업체예요."

서류의 첫 장에는 '제약 회사'라고 쓰여 있었다.

1917년 10월 10일(율리우스력), 볼셰비키 중앙위원회는 투표를 실시하여 10 대 2로 '무장봉기는 더 이상 피할 수 없으며, 시기가 무르익었다.'라는 선언을 채택했다.

페트로그라드의 소비에트는 10월 12일(율리우스력)에 '군사혁명위원회'를 설치했다. 이것은 원래 페트로그라드의 방위를 목적으로 멘셰비키가 제안한 것이었지만, 무장봉기를 위한 기관을 필요로 하고 있던 볼셰비키는 찬성했다.

트로츠키는 '우리가 권력 탈취를 위한 사령부를 준비하고 있는 것으로 알려져 있다. 우리는 이 사실을 숨기지 않는다.'라고 연설하고 노골적으로 무장봉기의 방침을 인정했다. 그는 권력 장악을 승인하기 위해 10월 25일(율리우스력) 개회 예정인 제2회 전국 소비에트 대회에 맞춰 봉기하자고 주장했다.

멘셰비키는 군사혁명위원회 참여를 거부했다. 그 이후 군부의 각 부대가 차례로 페트로그라드의 소비에트에 대한 지지를 표명했고, 임시정부가 아니라 소비에트의 지시에 따르는 것을 결정했다.

볼셰비키 지도자의 한 사람으로 에스토니아인의 얀 안벨트는 혁명 이후 설립된 에스토니아 자치 정부의 수도 탈린에서 좌익 혁명 세력을 이끌고 무장봉기를 시작했다. 이에 마지막 반격을 시도했던 임시정부(멘셰비키)는 부대를 동원하여 볼셰비키의 신문 인쇄소를 점거했고, 군사혁명위원회는 이것을 계기로 무력 행동을 시작했다.

적위대는 별 저항 없이 거의 피를 흘리지 않고, 페트로그라드의 요충지를 제압했고, 10월 25일(양력 11월 7일)에 '임시정부'는 타도되었다. 이어 '국가 권력은 페트로그라드 노병 소비에트 기관이며, 페트로그라드의 프롤레타리아와 수비군을 이끄는 군사혁명위원회로 옮겨졌다.'라고 선언했다.

혁명 이후 대부분의 군대는 볼셰비키의 휘하에 들어갔지만 군대에 남아 있기보다는 집에 간 병사가 훨씬 많았다. 공산정권이 지주의 토지를 분배하고 있었으므로 농민 출신의 병사들은 집에 가야만 자기 몫의 토지를 받을 수 있다고 생각했기 때문이다. 농촌을 장악하러 간 공산당원들 역시 마찬가지였다.

하지만 로마노프 왕조를 복권시키려는 군벌과 볼셰비키에 반대하는 군벌들이 여전히 남아 있었다.

혁명 시점에서 블라디미르 레닌은 러시아의 중심 도시들만 장악했을 뿐이라 장악하지 못한 지역이 많이 남아 있었다. 결국 농촌까지 완전히 지배하려는 레닌에 반발한 반공산 진영과의 대립이 격화되면서 내전이 발발하였다.

공산군은 붉은색을 상징으로 썼으므로 적군(Красная Армия. Red Army), 반공산군은 흰색을 상징으로 써서 백군(Белая Армия.

White Army)이라 불렀는데, 이로써 적백내전이 시작되었다.

사할린 임시정부.

회의실에서는 평소와 달리 여러 가지 언어가 섞여서 대화를 하고 있었다.

"그럼 지원을 해 주시는 것입니까?"

"맞습니다."

"오, 알라시여."

위구르에서 온 알리는 양손을 들어 자신의 신에게 감사의 인사를 올렸다. 그뿐만 아니라 몽골에서 온 사내는 텡그리에게, 티베트에서 온 사내는 연신 아미타불을 외쳤다.

"감사합니다."

"그런데 문제가 있습니다."

"어떤?"

"식량과 군수물자를 지원해 드릴 수는 있는데, 수송을 할 방법이 없습니다."

하지만 오히려 세 국가의 사내들은 크게 웃었다.

"그게 무슨 문제라고 그러십니까?"

"네?"

이상설이 어리둥절해 되물었다.

"아무런 걸림돌이 되지 않습니다. 여기 있는 세 국가에서 자체적으로 해결할 수 있습니다."

"어떻게?"

"우리 위구르와 몽골은 사막에 익숙한 사람들이지요."

"아! 그렇다면?"

"맞습니다. 수송에 시간이 걸리겠지만, 불가능한 일은 아니지요."

바다를 유용하고 중요하게 생각하는 시대가 되자 기존 동서양을 연결하던 실크로드의 역할 비중이 상당히 줄었지만, 사실 여전히 유용한 길이었다.

"그렇다면 우리는 연해주에서 지원해 드리겠습니다."

"좋습니다."

네 개 국가의 이해가 맞아떨어졌기에 일사천리로 협정이 진행되었다.

티베트와 위구르, 몽골 세 개 국가는 중국에서 독립을 목적으로 하였고, 임시정부에서는 중국의 산해관을 중심으로 동쪽은 한인들이 차지하길 원했다.

임시정부는 군수물자와 식량을 제공하고 나중에 임시정부에서 국내 진공을 할 때 독립 전쟁에 참전하는 것으로 확실한 협정서를 만들었다.

"밖으로 나가시지요."

이상설은 사람들을 한곳으로 안내했다.

아메리칸
드림

이동한 곳은 외관으로 보기에는 산이나 다름없었는데, 교묘하게 보이지 않게 커다란 굴이 파여 있었다.

"정지!"

인지할 수 없는 곳에서 정지를 요구하는 목소리가 들렸다.

"상상!"

"바다."

짧게 대답하고는 다시 사람들을 이끌어 동굴 안으로 들어갔다.

조금 깊게 들어가자 동굴을 통째로 막고 있는 거대한 철문이 있었다.

끼이익.

쇳소리와 함께 문이 열렸다.

탁탁탁.

동굴 안에 불빛이 들어오기 시작했다.

"오!"

안내를 받아 동굴로 들어온 사람들은 연신 감탄했다.

그들이 본 모습은 가지런하게 준비되어 있는 무기들의 향연이었다.

"약속했던 군수물자입니다."

사람들은 고개를 끄덕였다.

"하하, 벌써 독립이 이루어진 것 같습니다."

"그렇습니까?"

"네, 벌써부터 든든하군요."

"필요한 만큼 가져가시면 됩니다."

"감사합니다. 그런데 왜 한국은 이만한 능력이 있으면서도 독립하지 않는 것입니까?"

"어휴."

이상설은 크게 한숨을 쉬었다.

"복잡한 사정이 있습니다."

당장 독립하고 싶은 마음은 굴뚝같았지만 걸림돌이 많아 뜻을 이루지 못하고 있었다. 이상설은 속이 타 연신 한숨을 내쉬었고 나머지 사람들은 무기를 보며 아이처럼 기뻐해 대조를 이뤘다.

추레한 몰골의 사람들이 멈추지 않고 계속 걷고 있었다.

'이곳만 넘어가면 된다.'

상당히 지치고 어디든 등만 뉘이면 잘 수 있을 것 같았지만, 절대로 멈추거나 쉬어서는 안 됐다. 일행을 쫓아오는 추격자가 있기 때문에 멈춘다면 힘들게 도망쳐 온 곳으로 다시 돌아가거나 죽임을 당할 수도 있었다.

"헉, 헉."

조금만 더 가면 목적지에 도착한다는 생각 때문이었을

까, 자신도 모르게 빨라지는 발걸음에 숨소리가 거칠어져
만 갔다.

한참을 더 가서 이제 겨우 안전하다는 생각이 들어 멈추
어 섰다. 그러고 나자 조금의 여유가 생겨 뒤를 돌아볼 수
있었다.

"아!"

니콜라이의 눈에서 눈물이 줄줄 났다.

'알렉산드라, 알렉세이.'

아내 알렉산드라는 동쪽으로 향하는 도중에 발작하더니
총으로 자살을 택했고, 하나밖에 없는 아들 알렉세이는 혈우
병이 도져 힘든 일정을 감당하지 못하고 세상을 떠났다.

그리고 남은 네 딸.

올가, 타티아나, 마리아, 아나스타샤.

딸들이라도 살아 있어서 다행이었지만, 이제 살았다는 마
음이 들자 마음 한구석에는 자신의 핏줄이 여기서 끝났다는
사실에 깊은 절망감이 느껴졌다.

니콜라이의 모습을 본 딸들 역시 눈물을 흘리고 있었다.

"폐하, 더 가셔야만 합니다."

이바노프는 다시 이동할 것을 재촉했다.

"……가세."

그렇게 며칠을 더 걸어 도착한 곳은 조그만 마을이었다.

쉴 수 있는 곳을 찾아 사람들에게 물어봤지만, 죄다 말이

통하지 않았다. 간신히 손짓 발짓으로 숙소를 잡을 수 있었고 마음이 안정을 찾게 되어선지 니콜라이는 지독한 몸살을 앓았다.

며칠 뒤, 총을 둘러멘 사내들 여럿이 왔다. 그 모습을 보고 니콜라이의 일행은 잔뜩 긴장했다.

"우리는 캐나다에 망명하기 위해 왔소!"

이제까진 러시아어로 말해서 알아듣는 사람이 없었다. 그런데 총을 멘 사내들 중에 한 사람이 러시아로 답했다.

"따라오시오."

니콜라이 일행은 불안해하면서도 따라갈 수밖에 없었는데, 서쪽이 아닌 동쪽으로 향하고 있다는 것을 알고 있기에 애써 불안감을 떨쳤다.

🎩

적백내전이 시작됨을 신문을 통해 알 수 있었다.

"그런데 황가 처형 소식은 없네?"

연해주 대금 채권 6천만 달러가 남아 있기 때문에 로마노프 황가가 대찬에게는 최대 이슈였다.

'뭔가 또 바뀌었나 보다.'

러시아에서 진행되고 있는 내전은 볼셰비키가 이겼었다. 지금 상황을 보면 아무리 변수가 있다고 하더라도 볼셰비키가 이길 것이다.

'그런데 여기서 변수, 니콜라이 2세가 살아 있음으로 앞으로 벌어질 일은?'

백군에 가담하는 왕당파가 니콜라이가 있는 곳으로 가서 또 하나의 세력으로 규합될 것이다.

'만약 내 생각처럼 된다면 삼파전이 된다는 건데.'

내전에서 가장 크게 격전지가 될 곳은 수도인 페트로그라드일 것이다.

'반대로 니콜라이 2세가 살기 위해서는 무조건 동쪽으로 갈 것이고.'

프롤레타리아혁명을 주장하며 들불처럼 일어나고 있는 볼셰비키가 있는 서쪽으로는 절대로 가지 않을 것이었다.

"사장님!"

덕원이 사무실로 뛰어 들어왔다.

"뭔가요?"

"급보입니다."

급하게 종이를 건네주었다.

"암호?"

하나씩 풀어 보기 시작했다.

러시아 황제 니콜라이 2세. 현재 연해주에 있음. 캐나다로 망명을 원함.

"아!"

예상했던 바였다.

'내가 여기서 최대한 취할 수 있는 이득이 뭘까?'

황제를 지지하는 왕당파의 존재는 니콜라이가 탈출함으로써 확인이 되었다.

'그럼 다시 황위를 되찾으려 할 테지?'

권력의 달콤함을 맛보았던 사람이기 때문에 분명 다시 재기하기 위해서 노력할 것이다.

'지금 상황에서 얻을 수 있는 게…….'

어찌 되었든 6천만 달러의 지급 대상이 살아 있으니 대금을 지불해야만 한다.

책상을 손가락으로 톡톡 쳤다.

'본래 미국이 원했던 것은 러시아의 견제. 그리고 내가 얻을 수 있는 이익은 과격한 사회주의자들을 차단할 수 있는 방패.'

머릿속으로 그림을 그려 보기 시작했다.

'러시아를 둘로 쪼개 놓는다?'

그리고 몇 가지 조치를 취해 놓는다면 강력한 우방이 될 수도 있다.

'어차피 6천만 달러는 내 돈이 아니니 선심 쓰듯이 주면서 우방이 하나 생긴다면 이익이지.'

계획이 착착 잡혀 갔다.

"사장님."

"네?"

"손님 오셨습니다."

"손님요?"

항상 방문자가 있을 때는 이름을 대는 경우가 많았다.

"고 사장님 소개라고 합니다."

"안내하세요."

"네."

잠시 후 처음 보는 얼굴의 백인 사내가 들어왔다.

"반갑습니다. 존 D. 강입니다."

"안녕하세요. 서부의 별을 뵙게 돼서 영광입니다. 에드워드 버네이스입니다."

'어? 익숙한 이름 같은데?'

기억이 날 듯 말 듯 한 것이 명확하게 떠오르지 않았다.

"혹시 무슨 일을 하시는지?"

"현재는 연방공보위원회에서 일을 하고 있습니다."

"아, 그럼?"

"맞습니다. 현재 선전활동을 하고 있습니다."

"아!"

에드워드 버네이스가 누군지 생각이 났다.

'프로파간다!'

히틀러가 그렇게 탐을 냈고 에드워드가 펴 낸 책을 바탕으로 나치 선전 활동을 해서 나치 활동에 도움을 주었다고 비난을 받는 사람이기도 했다. 하지만 '홍보의 아버지'라는 수식어로도 유명한 인물이었다.

"찰리의 소개로 찾아오셨다고요?"

"맞습니다. 우연한 기회에 친분을 가질 수 있었습니다."

"혹시? 완구 홍보를 해 주신?"

"하하, 맞습니다."

대찬은 문뜩 기가 막힌 생각이 들었다.

'미국 전역에 확실하게 한인들을 인식시킬 수 있는 홍보를 할 수 있다면?'

마침 연방공보위원회에서 일하고 있으니 적극적으로 선전할 수 있을 것이다. 만약 일이 잘 진행이 된다면 대찬이 참전하지 않아도 그만한 효과를 얻을 수 있을 것이라는 확신이 들었다.

"맞군요! 하하, 저도 일을 맡고 싶은데……."

"하지만 현재는……."

"물론 알고 있습니다. 그런데 군과 관련된 일입니다."

"무슨 일입니까?"

"한인들 참전이 긍정적인 방향으로 홍보되었으면 합니다. 그것도 전국적으로 말이지요."

"긍정적이라면?"

"미국에 성공적으로 정착한 이주 민족이라는 인식과 아메리칸드림을 이루었다는 식으로 홍보가 되었으면 좋겠군요."

"전국적으로 한인들의 인식 범위를 넓히고 싶으신 거군요?"

"맞습니다. 그리고 한인들의 상황과 실태를 알리고 싶은 마음도 있습니다. 그러니 한인들을 미국의 구성원으로 인식을 하게 된다면, 자연스럽게 알려지지 않을까 싶군요."

동부에선 상대적으로 인구수가 턱없이 부족했기 때문에 동부에는 아직까지 한인과 동양에 대해서 무지한 사람이 적지 않았다. 이런 상황을 이번 기회에 해결하고 거기에 탄력받아 동부로 거부감 없이 진출하고자 하는 욕심도 있었다.

"말씀하시는 것은 알겠습니다. 하지만 그러기 위해서는 몇 가지 필요한 요소들이 있습니다."

"뭐가 필요할까요?"

"가장 중요한 것은 대규모 참전과 극적인 요소입니다."

'역시 나랑 생각이 다르지 않네?'

대찬은 극적인 요소를 더하기 위해서 자신이 참전할 경우 얻을 수 있는 것이 많다고 생각했었다. 하지만 자신과 달리 다른 요소를 생각해 낼 수도 있기에 한번 되물어보았다.

"극적인 요소?"

"음, 찰리에게 들어 보니 한인들의 황실 가족이 미국에 정착했다더군요."

생각해 본 적이 있는 일이었다.

"황실 가족의 참전이 선전으로 극대화될 수 있겠습니까?"

"충분합니다. 미국은 왕이라는 존재가 없기 때문이지요."

"아!"

"사람들이 가지고 있는 환상을 자극한다면, 그보다 더 좋은 요소는 없지요. 그리고 왜 다른 국가의 황실 가족이 미국 국적을 가지고 참전하는지도 많은 관심을 가질 것입니다."

"만약 제가 황실 대신 참전하면요?"

"그것 또한 좋은 생각입니다. 하지만 이미 손꼽히는 부자인 존 씨가 참전한다면 이슈가 되기는 하겠지만, 황실보단 극적인 요소로는 부족하다 생각합니다."

"그렇군요."

"하지만 존 씨 역시 참전하면 분명 얻을 수 있는 것이 많을 것입니다. 일단은 애국지사들에게 존경과 존중을 받을 수 있다는 것이 가장 크겠지요."

"무슨 말인지 잘 알겠습니다."

"그럼 진행해 볼까요?"

"아직 확답을 드릴 수가 없군요."

대찬이 답할 수 없는 부분이었기에 황실 가족과 대화를 해야만 했다.

정보 카르텔에서 건네받은 정보지에는 중요한 이야기가 담겨져 있었다.

1차 세계대전이 발발하고 오스만 투르크 지배하의 중동 영토는 분할의 흥정 대상이 되었다. 특히 영국은 인도에 이르는 교통로이자 전진기지로서 중동을 확보하고자 하였다.

1916년 4월 사이크스–피코 협정(Tripartite Sykes–Picot Agreement : 영국–프랑스–러시아 간의 비밀 서한 교환으로 이루어진 협정)을 비밀리에 하게 되었다.

영국은 바그다드를 포함한 메소포타미아 남부와 하이파, 악코를 영유하고, 프랑스는 시리아 지역을 영유하며 영국과 프랑스 지역 사이에 영국의 공동 영향력하에 아랍국 또는 아랍 연방국 설치를 합의하였다.

또한 에르제룬Erzeroun, 트레비존드Trebizond, 반Van 등의 주들과 쿠르디스탄Kurdistan의 남부 지역은 러시아가 영유하고, 팔레스타인은 영국, 프랑스, 러시아 삼국의 협의에 의해 특별 관리를 하기로 했다.

그리고 오스만 제국이 제1차 세계대전에 가담하여 영국과 싸울 때 영국은 아랍인들을 이용하기 위해서 영국 고등판무관 맥마흔(Henry Macmahon)을 통해 전시 외교정책을 펼쳤다.

1915년 1월부터 1916년 3월까지 10여 차례에 걸쳐 전시 외교정책 내용이 담긴 서한들을 주고받았는데, 그 내용은 아랍인들이 전쟁에 참여하면 전쟁 종결 후에 팔레스타인 지역의 아랍 국가 건설 등을 포함한 아랍 지역의 독립을 보장한다는 것이었다.

그러한 서한을 당시 메카의 태수 샤리프 후세인과 주고받았는데, 그는 오스만 투르크 제국에 의하여 임명된 히자즈 지방의 마지막 통치자였다.

그는 예언자 무함마드의 후손이자 당시 최고의 권위를 가진 아랍 가계 중 하나인 쿠라이쉬 부족 하심가의 유력자였다.

1차 세계대전 초기에는 오스만 투르크 제국을 지원하였으나, 제국이 그를 제거하려고 한다는 사실을 알자 동맹을 깨트렸다. 이어 맥마흔과 서신을 교환하며 아랍 민족이 연합국 측에 서서 전쟁에 참여할 수 있다는 조건으로 전후 팔레스타인 지역을 포함한 아랍 국가의 독립과 아랍 칼리프제 구축을 지원하기를 원하였다.

그는 영국의 독립 보장을 믿고 오스만 투르크 제국에 반기를 들었다.

이런 맥마흔의 약속과 달리 11월 2일 영국의 외무장관 아서 벨푸어Arthur James Balfour는 영국 국적을 가진 유태인 월터 로스차일드에게 서한을 보낸다.

1917년 11월 2일.

 존경하는 로스차일드 경, 나는 열성적인 유대 시오니스트에게 호의적인 선언문이 제출되어 내각의 승인을 얻은 것을 국왕 폐하의 정부를 대신하여 귀하에게 전달하게 되어 무척 기쁩니다.

 국왕 폐하의 정부는 유태인을 위한 국가가 팔레스타인에 건설되는 것을 호의적으로 보며, 이 목적을 달성하고 촉진하는 데 최상의 노력을 기울일 것입니다. 또 어떤 다른 국가도 유태인들에 의해 향유되는 정치적 상태와 권리 혹은 팔레스타인에 존재하는 비유태 공동체의 종교적, 시민적 권리를 손상하지 않음을 분명하게 이해하였습니다.

 나는 귀하가 이 선언의 내용을 시오니스트 연맹에 알려 준다면 고맙게 생각하겠습니다.

-아서 제임스 벨푸어

 영국이 팔레스타인에서 유태인들을 위한 민족국가를 인정한다는 약속을 한 것이다. 이는 미국 내에 있는 유태인들을 전쟁에 끌어들이기 위해서 환심을 사려는 것이었다.

 "쯧쯧."

 대찬은 절로 혀를 차게 되었다.

 "수습을 어떻게 하려고 이러나?"

 회귀 전에도 수습되지 않고 끝없이 반복되는 전투 소식

을 지겹게 들었었다. 철저하게 영국 자국만을 위한 이중외
교였다.

그들이 자신들의 전쟁에 유태 자본을 유입시키고 미국 내
유태인의 환심을 사 미국까지 1차 세계대전에 끌어들이려 하
는 속이 아주 투명하게 보였다.

"가만 보면 영국이 참 대단해."

후세인-맥마흔 협정과 1917년 벨푸어 선언 사이에 놓치
지 말아야 할 또 하나의 중요한 외교정책이 바로 사이크스-
피코 협정이다.

사이크스-피코 협정은 1916년 5월 영국 대표 마크 사이크
스와 프랑스 대표인 조르주 피코가 오스만 투르크령인 아라
비아 민족 지역의 분할을 결정한 비밀 협정이다.

이 협정을 통하여 프랑스는 알레포, 하마, 힘스, 다마스쿠
스를 비롯한 시리아와 레바논을 둘러싸는 주요 내륙 도시들
을 얻었다. 또 당시 오스만 제국의 석유 회사에 도이치 은행
이 보유하고 있던 석유 채굴권을 포함하여 북쪽으로 모술에
대한 통제권까지 얻게 되었다.

그 대신 영국은 프랑스 권역의 남동쪽, 즉 요르단에서 동
쪽으로 바스라와 바그다드가 포함된 이라크와 쿠웨이트 대
부분에 해당하는 지역과 나아가 하이파와 아크레의 항구들,
하이파에서 프랑스 권역을 통과하여 바그다드까지 이르는
철도 건설권, 병력 수송 권리를 얻게 되었다.

이외에도 러시아엔 투르크의 동부 지방을 주기로 하고 팔레스타인은 공동 관리에 합의하였다.

"지리적으로 남아프리카-수에즈 운하-중동-인도에 이어서 아라비아 반도까지 날름하시겠다는 거지?"

거대한 식민 지배를 효율적으로 하기 위한 영국의 고심이 느껴졌다.

'오만해!'

맷은 협정과 약속 들을 둘러보자 얼마나 상대방을 기만하고 약속 따위는 아랑곳하지 않는지 알 수 있었다.

'애초에 전쟁에서 진다는 생각을 하지 않고 진행했다는 것이 놀랍고.'

이쯤 되자 전쟁을 일으킨 것은 독일이 아니라 영국이 아닐까라는 생각이 들었다.

"쩝."

대찬은 살짝 발만 담그면 중동에 잔뜩 묻혀 있는 석유를 쉽게 얻을 수 있을 것이란 생각이 들어 입맛을 다셨다.

"방법이 없으려나?"

딱히 방법이 없다는 것은 알고 있었지만, 노다지가 눈앞에서 아른거리는 것 같아 생각을 멈출 수가 없었다.

"사장님."

덕원이 부르는 소리에 고개를 돌리니 황태자 이은이 있었다. 대찬은 반사적으로 자리에 일어나서 정중하게 인사를 했다.

"안녕하십니까, 폐하."

"잘 지냈소?"

"잘 지내고 있습니다."

"할 말이 있다고 들었소."

"그렇습니다."

"무슨 일이오?"

"그게……."

다짜고짜 전쟁에 참여해야 한다고 말한다면 어떻게 받아들일지 예측할 수 없었다.

'아, 어쩌지.'

선뜻 입이 열리지 않았다.

"하기 어려운 말인가 보오?"

"……네."

"기탄없이 말하시오."

"한인들의 전쟁 참전에 대해서 어떻게 생각하세요?"

"솔직히 내키지 않소. 전쟁과 관련이 있는 것이오?"

"그렇습니다."

"자세히 설명해 보시오."

"미국이 참전했기 때문에 한인들도 참전해야 되는 상황입니다. 그런데……."

"황실 가족이 참전하길 원하는 것이오?"

이은은 하고자 하는 말을 눈치챈 듯 날카롭게 물었다.

"맞습니다."

"이유가 있소?"

"어차피 참전해야 한다면 좋은 모양새를 만들고 싶습니다. 그리고 얻을 수 있는 것도 적지 않고요."

"얻을 수 있는 것이 무엇이오?"

"미국인들의 호감입니다."

"호감……."

참전을 결정한다는 것이 쉬운 일은 아니었다.

"그런데 왜 황실이오?"

"사실 제가 참전하려고 했습니다."

이은은 살짝 성난 목소리로 말했다.

"허, 말도 안 되는 소리하지 마시오."

"네?"

"자신의 위치를 자각하고, 행여나 이상한 영웅심이나 욕심에 눈이 멀어 참전하는 바보 같은 짓은 하지 마시오."

"하지만 그렇게 함으로써……."

이은은 말을 잘랐다.

"되었소. 황실 가족 중 누군가가 참전할 것이오. 그러니 금산은 지금 하는 일에 집중하시오."

이은은 단호하게 대찬의 참전에 대한 의견의 싹을 잘랐다.

"더 이상 이야기할 것 없을 것 같소. 결정되면 알려 주겠소."

말을 마치자 빠르게 자리를 벗어나는 이은의 뒷모습은 활기가 도는 듯한 착각을 주었다.

●

샌프란시스코 항구에는 많은 사람들이 운집해 있었다. 그들은 죄다 피켓을 하나씩 들고 있었는데, 대부분의 글은 흉흉하기만 했다.

정박을 알리는 뱃고동 소리가 들리고 얼마 지나지 않아 사람들이 배에서 내리기 시작하자 시위하는 소리가 커져 갔다.

"니콜라이 2세를 국외로 추방하라!"

그 모습을 니콜라이는 여객선 위에서 바라보고 있었다.

"폐하."

장녀 올가가 니콜라이를 위로했지만 좀처럼 표정이 좋아지지 않았다.

"저들……."

호의적이지 않은 모습이다.

좋지 않은 기억들이 다시 떠오르기 시작했다.

니콜라이 일행은 긴장한 모습으로 여객선에 내려 경찰들이 만든 길로 움직여 준비되어 있는 차에 올라탔다.

아메리칸
드림

한편 대찬의 사무실의 전화기는 시끄럽게 울렸다.

"여보세요."

–토마습니다. 알려 드릴 것이 있습니다.

"뭔가요?"

–니콜라이 황제가 샌프란시스코에 도착했습니다.

"그럼?"

–네, 기존에 약속한 대로 일을 진행시키지요.

"알겠습니다."

전화를 끊고 대찬은 다시 전화기를 들었다.

–여보시오.

"전하, 대찬입니다."

–무슨 일이오?

"저와 함께 만나 주셔야 될 사람이 있습니다."

–만나야 될 사람? 누구를 말하는 것이오?

"러시아 황제입니다."

–……알겠소.

"그럼 ……으로 오시면 됩니다."

–알겠소.

'왕이 없는 미국에 타국의 황실 가족만 둘이라…….'

대찬은 운명이 참 얄궂다는 생각을 했다.

"사장님."

"자, 가지요."

자리에서 일어나 옷매무새를 가다듬고 회의장으로 향했
다.

도착하자 많은 간부들이 미리 도착해 대찬만 기다리며 준
비하고 있었다. 자리에 일어나 꾸벅하고 인사를 했고 대찬
역시 인사를 했다.

"늦어서 미안합니다. 바로 시작하지요."

준비된 자리에 앉았고 일한이 단상에 올랐다.

"사업 계획서를 발표하겠습니다."

일한은 막힘없이 사업의 구상과 목표, 그리고 예상에 대해
서 차근차근 설명했다.

'하길 잘했네.'

기존 사업은 대찬 홀로 사업의 뼈대를 잡고 나머지는 직원
들이 살을 붙이는 식이었는데, 이번에는 큰 주제만 넘겨주고
나머지는 직접 계획하기를 지시했다. 그런데 처음 해 보는
일임에도 불구하고 만족할 만한 결과가 나오자 절로 고개가
끄덕여졌다.

"……이상입니다."

짝짝짝.

회의실은 박수로 가득 찼다.

"혹시 질문 있으십니까?"

질의응답 시간이 되자 간부들은 이제까지 들었던 설명에
대해서 궁금한 부분이나 미진하다 생각되는 부분에 대해서

짚어 갔다. 대찬 역시 마찬가지로 질문을 했는데, 일한은 거침없이 답을 내놓았다.

"좋아요. 진행해요."

"그런데 회사 이름은 어떻게 할까요?"

"일한 씨 이름을 따지요. 유한양행 어떻습니까?"

갑자기 떠오른 생각이었다.

처음에는 유양행이라 이름 붙일 생각이었는데 뭔가 어색한 느낌에 유일, 유한을 붙여 보니 착착 달라붙는 게 유한이 좋을 것 같았다.

"감사합니다."

"열심히 해 봐요."

"넷!"

회의가 끝나고 자리를 뜨는데, 다시 한 번 뜬금없는 생각이 들었다.

'일한 씨가 본래 유한양행 창업자인 거 아니야?'

가능성은 충분한 것 같았다.

'에이, 설마.'

대찬은 유명했던 제약회사 유한양행이 떠올랐고 입에 감기기에 지은 이름이었다.

'쓸데없는 생각.'

대찬은 한번 키득대고는 머릿속에서 지워 버렸다.

인가가 드문 곳에 고급스러운 저택이 있었다. 그곳에 차가 몇 대 멈추어 섰다. 여러 사람이 내리자 저택 주변을 삼엄하게 경계하는 사람이 여럿 있었는데, 그중에 대찬에게 익숙한 얼굴도 있었다.

"오셨습니까?"

"너무 빨리 온 것은 아니지요?"

"적당한 때에 오셨습니다."

"분위기는 어떤가요?"

"글쎄요. 썩 좋지는 않은 것 같더군요."

간략한 정보를 얻은 후에 저택으로 입장했다.

미리 약속이 되어 있었기에 응접실에서 두 사람이 기다리고 있었는데, 굉장히 수척한 몰골을 하고 있는 사람이 니콜라이라는 것을 알아볼 수 있었다.

"폐하, 안녕하십니까?"

"당신이 존이오?"

"네."

"생각한 것과 다른 것 같소."

"그렇습니까?"

"자세한 이야기는 여기 이바노프 경과 하시오."

"알겠습니다. 그리고 폐하, 여기 제 옆에 계신 분은 우리 민족의 황태자 전하이십니다."

"황태자? 그 조선의?"

만사 의욕을 잃은 사람답지 않게 눈빛이 살짝 변했다.

'역시 아직 왕좌를 포기한 것은 아니었구나.'

짧은 시간이었지만 가장 강렬한 모습이었다.

"자, 그럼 황태자는 나와 대화를 나눕시다."

두 사람은 응접실을 벗어나 어디론가 향했다.

"이바노프 경, 반갑습니다."

"그렇습니까? 그럼 단도직입적으로 이야기하지요. 미루어져 있는 대금을 지급할 것입니까?"

"물론입니다."

6천만 달러의 대금을 니콜라이에게 지급하는 게 할양 협정서상으로는 당연했고, 미리 미국 정부와 조율한 결과 지급하기로 결정되었다.

"그런데 러시아를 되찾을 생각이십니까?"

두 사람의 눈빛이 허공에 얽혔다.

잠시간의 정적.

이바노프의 입이 서서히 열렸다.

"질문에 대한 나의 개인적인 생각은 긍정적입니다."

"그럼 이바노프 경은 왕당파이십니까?"

"이렇게 물어보는 의도가 뭡니까?"

"궁금했습니다. 왕좌를 되찾기 위해서는 동쪽에서부터 진공을 해야 되지 않겠습니까?"

"……그렇군요."

러시아의 가장 극동에서 진격을 시작한다면 가장 도움을 줄 수 있고 꼭 도움을 받아야 되는 사람이 대찬이었다. 대외적으로는 캐나다의 깃발을 달고 있었지만 러시아는 진실을 알고 있는 몇 안 되는 국가였고, 이바노프는 이러한 상황을 이해하고 있었다.

"그래서 듣고 싶은 말이 무엇입니까?"

"대금만 지급받으면 되겠습니까?"

"……."

입은 쉬고 있지만 머리는 가장 빠르게 움직이고 있었다.

'6천만 달러, 많은 돈이지 하지만 극복하지 못하는 것이 있다.'

대찬은 러시아를 둘로 쪼개 놓을 생각이었다.

현재 러시아는 볼셰비키가 집권하여 임시 정부가 무너지고 소비에트가 득세하고 있는 상황이었다. 그리고 내전이 시작되었지만 볼셰비키의 승리로 끝이 나는 사실을 알고 있었다.

'왕당파 인원이 아무리 많다고 해도 숫자로 압도적인 볼셰비키를 이길 수 없다. 그러니 내전이 시작된 지금이 아니라면 왕좌는 꿈도 꿀 수 없어.'

'자, 원하는 것을 말해 보라고.'

각자 다른 생각을 하는 도중 이바노프는 생각의 정리를 마쳤는지 대찬을 똑바로 응시했다.

"도움을 청한다면 어디까지 도움을 줄 수 있습니까?"

"사람은 불가."

"음."

"군수물자와 식량 그리고 우방을 만들 수 있습니다."

"우방? 당신의 민족을 말하는 것이오?"

"자세한 것은 답할 수 없습니다만, 한 가지 확실한 것은 우리 민족이 우방이 될 것입니다."

이바노프는 물끄러미 대찬을 쳐다보았다.

"도대체 그 자신감은 뭡니까?"

"무슨 말인지요?"

"명확하게 보이는 것은 없지만 협상이 결렬되면 좋지 않을 것 같다는 예감이 드니 찝찝하군요."

대찬은 피식 웃음이 났다.

"좋습니다. 힌트를 드리지요. 늑대, 포도, 산."

"늑대, 포도, 산."

몇 번을 곱씹었다.

"생각할 시간이 필요합니다."

"좋습니다."

이야기가 끝날 무렵 때마침 니콜라이와 이은의 대화가 끝이 났는지 응접실로 나오고 있었다.

간단하게 인사를 마치고 나와 돌아갈 때 이은과 동승했다.

"금산."

"네, 전하."

"니콜라이 황제가 혼인을 제의했소."

"정말입니까?"

"한 치의 거짓도 없소. 그런데……."

"문제가 있습니까?"

"혼인의 대상으로 나를 지목했소."

"그럼 상대방은?"

"장녀인 올가라고 하였소."

"전하는 어떻게 생각하십니까?"

"솔직히 모르겠소."

이은은 아직까지 혼인을 하지 않았다. 시기상 늦었지만 본인이 완강하게 거절하고 있었던 것이다. 물론 지금과 같은 일이 생길 거라 전혀 예상하지 못했었다. 더군다나 올가는 니콜라이의 장녀, 만약 니콜라이가 복위한다면 올가는 황제 계승 서열 1위가 되었다.

"제 생각은……. 그들도 전하를 지목하면 다른 황실 가족과 혼인하게 될 것이라는 걸 알고 있을 것입니다."

대찬의 생각으로는 니콜라이가 데릴사위를 원한다는 느낌이 강했다. 그런데 황태자를 지목했으니, 이은의 다음 서열의 남성을 염두에 두어 혼인을 제의한 것임이 분명했다.

"그렇소?"

왠지 모르게 이은의 음성에서 아쉬움이 느껴지는 것 같았다.

"그리고 황실에서는 참전하기로 했소."

"어느 분이?"

"내가 갈 것이오."

대찬의 눈이 커졌다.

"꼭 전하가 가셔야 되겠습니까?"

"그렇게 되었소. 여기에 대해서는 왈가왈부하지 말고, 내게 약조 하나 해 주시오."

"어떤 약속 말씀이십니까?"

"절대 참전하지 않기로 약조하시오."

"……."

대찬이 답을 하지 않고 이은을 바라보자 굉장히 단호한 표정이었다.

"빨리!"

"……알겠습니다."

"하하하!"

이은은 한참을 웃었다.

대찬은 이유를 몰라 어리둥절했다.

"그런 표정 지을 것 없소."

이은은 대찬의 어깨에 손을 올렸다.

"드디어 군주로서 무언가를 하나 해낸 것 같은 느낌이오.

그대는 우리 민족의 보배이니 아끼고 아껴야 함을 나는 알고 있소이다."

이은은 말을 마치고서 한껏 뿌듯한 표정을 지었다.

황실에서 참전을 결정했음을 에드워드에게 알리자 입대 날짜가 잡히고 이를 대대적으로 홍보하기 시작했다. 그리고 부수적으로 한인들이 대대적으로 지원하여 입대했는데, 서부에서 한인들이 순식간에 5만 명이나 지원했고 계속해서 지원함으로써 어느 순간부터는 미국에 큰 이슈가 되었다.

뉴욕 타임스.

당신은 한인을 알고 있는가?

지금까지 몰랐다면 이제는 알아 둬야만 한다.

최근 몇 달 사이 입대한 사람들 중에 가장 큰 비중을 차지하는 것이 한인이다. 그리고 그들의 정점에 있는 황가의 핏줄까지 우리의 아름다운 나라 미국을 위해 참전을 결정했다.

그런데 우리는 그들에 대해서 아는 것이라고는 '동양에서 왔다.' 이것이 전부다.

위치가 어디이며 역사가 어떻게 되는지 아는 사람은 소수, 그것도 아주 극소수의 식자들만이 알고 있는 것이다.

필자가 하고 싶은 말은 우리 역사로 편입된 그들의 역사도 우리가 수용해야만 한다는 것이다.

맞다. 그래서 준비했다.

아메리칸
드림

......중략......

위의 글을 충실히 읽었다면 독자는 이미 한인에 대해서 절반 이상을 이해했다고 확신한다.

한인을 피부색이 아닌 우리의 또 다른 얼굴로 인식하길 바라며 글을 마친다.

기사들이 매일마다 실리자 글을 읽은 독자들은 황실에 대한 환상과 한인들에게 관심이 생겼다. 대대적으로 홍보가 되기 시작한 것이다.

그에 따른 반향은 대단했는데, 동양인을 보게 된다면 제일 먼저 하는 질문이 '한인이세요?'일 정도였다.

때맞춰 대찬의 사업체 중 몇몇은 동부로 진출을 시작했다.

가장 먼저 진출한 것은 가전제품 판매 업체였는데, 기존에 물량이 부족했던 냉장고가 2, 3공장이 완공되면서 생산량이 폭발적으로 늘어 서부를 넘어 동부까지 공급할 수 있는 수준이 된 것이다. 그러면서 속속 동부로 진출을 꾀했다.

이렇게 되자 상당한 물량이 동부로 이동하게 되었고, 기존에 유통망이 과부하가 걸려 유통망을 확대하기 시작했다.

대찬은 이러한 것들을 서면으로 보고받았다.

"와! 매출이 급증했네요?"

"맞습니다. 그런데도 이제 막 시작한 것이라 앞으로 매출이 더 증가할 것이라고 보고받았습니다."

인구수가 확실히 많은 동부였기 때문에 서부와 비교가 되었다. 서부도 인구가 많이 늘고 좋아지기는 했지만, 동부와는 비교가 되지 않았다.

"음, 지금 동부 진출 상황은요?"

"아직 절반도 진출하지 않았습니다."

간단히 계산해 보면 지금보다 매출이 몇 배는 더 늘 것이었다.

'진작 갈 걸 그랬나?'

기존에 매출보다 몇 배의 차이가 나니 늦게 진출한 것이 후회가 될 정도였다.

"유보 자금이 얼마였더라?"

서류를 뒤적이기가 무섭게 철영이 답했다.

"2억 3천만 달러입니다."

"그럼 정확히 1억 7천만 달러가 남는 거네요?"

"연해주 대금을 빼면 그렇습니다."

지난 1년 동안 쓸 거 다 쓰고도 자금이 상당히 많이 남았다.

'크게 지출은 연해주 대금을 빼면 없으니 쓸데가 없네.'

전쟁 채권을 상당히 사들이고 어떻게든 자금을 회전시키기 위해 노력했지만 쌓여만 갔다.

'금으로 바꿔서 여기저기 상당히 보냈는데도 돈이 많아.'

그만큼 전쟁과 경제 호황이 겹쳐 대찬이 벌어들이는 돈은 엄청났다.

"일단 미국 채권과 미국이 참전한 쪽의 국가들로 해서 1억 달러 정도 채권을 사들이세요."

"알겠습니다."

"그리고 2천만 달러는 금으로 바꿔서 기존과 같이 처리하고요."

"지시대로 이행하겠습니다."

즉흥적으로 사용처를 만들어 내서 1억 2천만 달러를 써도 5천만 달러 연해주 대금까지 하면 1억 1천만 달러가 남았다.

"지금까지 채권 구입 금액이 얼마나 되지요?"

"4억 달러가 조금 안 됩니다."

돈이 있을 때마다 조금씩 사들였던 것이 4억 달러가 되었다.

'많이 샀네. 이제는 슬슬 모아야 되겠다.'

전쟁 채권이 상당한 이익이 되지만 적당한 선에서 멈추는 것이 좋을 것 같았다. 이제는 반대로 현금을 모아야 했다.

'금주법 시대에 돌입하면 현금을 모으기가 더 쉬울 것 같지만…….'

후임인 정수의 말을 듣고 금주법 시대 주류 유통 가격을 추산한 글을 본 적이 있었는데, 거기에 쓰인 바로는 몇조 달러나 되었었다.

'20년부터 시작하니까, 이제 몇 년 안 남기는 했는데, 불법이라 고민이 되네.'

굉장한 수익이 예상되었지만 자금 세탁이 문제였다.

'확실히 세탁할 필요가 없는 깨끗한 돈을 모아 둘 필요가
있어.'

미리부터 주류 공장을 설립하고 의료용 허가를 받아 놓았
기에 매출은 보장이 되었지만, 그것은 표면적인 것이었고 음
지로는 얼마나 팔릴지 알 수 없었다.

"지시한 것은 그대로 이행하고, 이후부터는 현금을 보유
하는 것으로 방침을 잡겠습니다."

"알겠습니다."

이야기가 끝나자 철영은 떠났고 대찬은 혼자 남아 생각에
잠겼다.

대공황이 오기 전까지 현금을 많이 보유해야 했다.

'쇼핑할 것이 태산이니, 그때까지는 최대한 많은 현금을
모아야지.'

대찬은 그때가 오면 얼마나 많은 '묻지 마 쇼핑'을 할 수
있을지 기대가 되었다.

'US스틸 지분도 비싸게 팔았다가 다음 해에 싼값에 사들
이면 되겠고.'

벌써부터 기대가 되었다.

'필요하다 싶은 기업은 다 사들일 거야!'

더군다나 걸려 있던 모든 족쇄가 풀린 상황, 거리낄 것이
없었다.

아메리칸
드림

로마노프

캘리포니아, 특히 샌프란시스코엔 한인들이 많이 거주하고 있었는데, 대대적인 참전으로 수많은 사람들이 전쟁터로 떠나자 북적대던 분위기가 차분하게 바뀌었다. 하지만 오히려 더 과격해진 집단이 하나 있었는데, 그것은 여성들이었다.

여성들이 원하는 것은 단 하나, 참정권을 갖는 것이었다.

하지만 전쟁의 여파로 새롭게 대두되는 주제가 있었다.

"여성도 전쟁을 수행할 수 있다!"

매일 시위를 해 대는 통에 차분한 분위기에 유일하게 파문을 일으키고 있었다.

대찬은 사무실로 가는 길에 여성 시위대와 또 맞닥뜨렸다.

"어휴."

절로 한숨이 나왔는데 이유가 있었다.

탁탁탁.

시위를 하는 사람들이 대찬의 차를 알아보았고 천천히 움직이는 차량을 두들기며 지지를 호소했기 때문이었다.

"미스터 강!"

처음에는 무서운 감정이 앞섰다면 익숙해지자 귀찮았고 지금은 살짝 화가 나고 있었다.

'하루 이틀도 아니고.'

아직까지는 비공식이지만 여성참정권에 찬성한다는 입장 표명을 한 것이 알음알음 알려졌다. 그렇기에 더 애가 닳아 대찬에게 더욱 집착하는 모습을 보였다.

'지금은 때가 아니야.'

이제는 가지고 있는 제약이 거의 없다고 봐도 무방한 상황이었다. 하지만 여성참정권은 정치적인 이슈였기 때문에 당장 전면에 나서기가 꺼려졌다.

'전쟁이 끝난 다음이면 모를까.'

자칫 국가 분란을 야기한다는 오명을 뒤집어쓸까 봐 함부로 움직일 수가 없었다.

그렇게 시위대를 간신히 빠져나와 사무실에 도착하자 시간이 훌쩍 지나가 버렸다. 너무 오랜 시간 동안 시위대에 묶여 있었다.

"덕원 씨."

"네."

"조금 시간이 걸리더라도 시위대랑 엮이지 않게 돌아갈 수 있는 길을 찾아봐요."

"알겠습니다."

"그리고."

대찬은 펜을 들어 편지를 쓰기 시작했다.

"지영 씨에게 보내 주세요."

건네줄 편지를 받고 덕원이 나가자 대찬은 의자에 깊게 누웠다.

'엠마는 여성참정권 운동을 왜 안 한다고 하는지.'

신여성의 대표로서 전혀 손색이 없는 엠마에게 대찬은 참정권 운동에 참여하는 것이 어떻겠냐고 넌지시 물어본 적이 있었다.

그녀의 대답은 단호했다.

"하고 싶지 않아요."

"왜요?

"할 일이 너무 많아요."

내조와 육아 그리고 운영하는 사업체까지 일일이 나열하면서 하고 싶지 않음을 정확히 밝혔다.

"그리고 그 문제는 시간이 해결해 줄 것 같아요."

"하지만 정치 혹은 사회 활동을 하는 사람이 있기 때문에 시간을 단축시킬 수 있지 않을까요?"

"여보, 이미 사회 활동을 하고 있는 여성이 부지기수예요.
그러니 서두를 것 없어요."

모든 것은 시간이 해결해 줄 것이라고 말하는 엠마를 보며
대찬은 괜히 마음이 불편했다.

'여의도는 시간이 지나도 개판이던데……'

머릿속에 박혀 있는 몇몇 장면들이 떠올랐다.

"시간……."

복잡하고 미묘했다.

"에잇, 내가 무슨 현자도 아니고."

괜스레 투덜댔다.

"사장님."

덕원이 사무실에 들어왔다.

'벌써 약속 시간이 되었나?'

놀라서 시계를 보니 약속했던 시간을 가리키고 있었다.

"모시세요."

면담을 약속한 사람은 이바노프였다.

"어서 오세요."

자리를 권하고 두 사람은 마주 앉았다.

"생각을 해 보셨습니까?"

이바노프는 들고 있던 찻잔을 내려놓고 말했다.

아메리칸
드림

"먼저 존 씨의 호의에 감사드립니다. 그리고 폐하와 상의한 결과."

"결과?"

"아직은 보류입니다."

"네?"

의외였다.

적당히 떡밥을 던지면 덥석 물 줄 알았는데, 반응이 시원치 않았다.

"이유가 뭔가요?"

"폐하가 복위를 하시는 것은 당연합니다. 다만 존 씨가 제안하신 것들이 굉장히 불투명하다고 의견이 모였습니다."

"무엇이 불투명합니까?"

모든 패를 보이지는 않았지만 다 보여 줄 수도 없는 노릇이었다. 보안에 상당히 신경 쓰고 있었기에 아는 사람이 적을수록 좋았고, 니콜라이가 아직 우방이라는 확신이 없는 이상 내부 정보를 알려 줄 수는 없었다.

"다시 돌아가서 복위를 하기 위해 노력한다 한들, 다시 복위할 수 있는 확률이 높지 않다는 게 상의 결과 나온 결론입니다."

두 사람의 시선이 허공에서 얽혔다.

'아, 피곤하게 또 정치하네.'

대찬은 이바노프의 시선을 보면서 원하는 것이 분명 있음을 느꼈다.

"그런가요? 알겠습니다."

더 이상 들을 것도 없다는 듯이 대화를 마무리 짓는 분위기로 만들어 갔다.

'차라리 애절하게 원하는 것을 말하지. 정말 천지분간 못하고 있네.'

볼셰비키의 공산주의가 무섭기는 했지만 적절하게 제어할 자신이 있었다. 하지만 앞일은 알 수 없기 때문에 러시아를 반으로 쪼개 놓음으로써 그러한 일들이 일어나는 것을 사전에 방비하려 했던 것이었다.

'쥐뿔도 없으면서 정치하려 든다면 이야기가 달라지지.'

니콜라이가 대찬에게 정당하게 요구할 수 있는 것은 연해주 대금 6천만 달러가 전부였다. 그것도 미국과 조금만 이야기를 나눈다면 모른 척 시치미 떼도 어디 가서 하소연할 데가 없다.

"에헴."

이바노프가 분위기를 환기시키려는 듯 헛기침을 했지만, 대찬이 보기에는 개수작이었다.

"할 말 있으세요?"

시큰둥하게 운을 띄어 보자 이번에는 덥석 물었다.

"사실 지금 상황으로는 러시아 진공은 무립니다."

"네. 그래서요?"

아메리칸
드림

"무기는 어떻게 장만할 수 있지만 인력이 모자랍니다."

"한인들은 용병이 아닙니다."

"하지만 도움을 주신다면…….."

"다시 한 번 말씀드리지만 한인들은 용병이 아닙니다."

"그런데 이번에 미국의 전쟁에 참전하지 않았습니까?"

"네, 다 미국 시민권이 있는 사람들입니다. 그리고 미국은 이주민의 나라입니다. 그러니 뭔가 착각하고 계시는 것 아닙니까?"

원하는 것은 전투에 나서 싸울 수 있는 인력이었다. 이바노프는 벙어리처럼 입을 꾹 다물고만 있지 자리를 떠날 생각은 하지 않았다.

'쯧쯧, 니콜라이 황제한테 인재가 없네.'

미국인으로서 참전하는 것은 다분히 한인들을 위해서였고 정치적으로도 이익이 많았기에 결정되었지만, 러시아 내전에 참전은 절대 아무런 이득이 없었다. 그런데 한인들의 도움만 바라며 대찬에게 요구하고 있다. 현재 니콜라이 측에 얼마나 인재가 없는지 알 수 있는 대목이었다.

"이바노프 씨, 차라리 진짜 용병을 구해 보는 것이 어떻습니까?"

"용병요?"

"그렇습니다. 6천만 달러가 적은 금액이 아니니 충분히 많은 용병을 구할 수 있을 것 같습니다. 대신 기본 무장 정도는 지원해 드리지요."

"어디서 용병을 구할 수 있겠습니까? 세상이 온통 전쟁터인데요."

'밥상 차려 주는데 숟가락까지 쥐여 줘야 하는 건가?'

답답했지만 인심 쓰는 김에 팍팍 쓰기로 마음을 먹었다.

"영국이 주로 고용해서 쓰는 용병은 구르카 용병입니다. 이들은 일당백의 전사라고 평가받지요. 그리고 현재 중국도 어수선하니 충분한 돈을 준다면 지원하는 사람들이 꽤 있을 것입니다. 그 외에도 찾아본다면 용병을 구하는 길이 적지 않을 거예요."

"……그렇습니까?"

무언가 탐탁지 않은 듯했지만 결국 수긍하는 태도를 보였다.

'한인들을 참전시킬 생각이라면 꿈 깨!'

이바노프가 한인들을 참전시키고 싶어 하는 이유는 연해주와 사할린에 적지 않은 숫자가 상비군 형태로 준비되어 있었고 러시아에 가장 가까이에 위치하고 있었으며 미국이라는 든든한 뒷배까지 있기 때문이다.

반대로 한인은 러시아 내전에 참전함으로써 얻을 수 있는 이익이 없었다. 참전함으로써 볼셰비키와 민감한 관계를 만들 필요가 없고, 주적인 일본이 있는 상황에서 전력을 깎아 먹는 행동은 절대로 할 수 없었다.

"어떻게 하시겠습니까?"

아메리칸
드림

"좋습니다. 그럼 대금은?"

"지금 당장 원하신다면 드리지요."

늦기 전에 러시아 내전에 왕당파가 한 주축을 이뤘으면 해서 건네줄 자금은 미리 준비해 두었다.

"결과를 보고하고 폐하께 상신드려 확답을 가지고 오겠습니다."

"좋습니다."

자리를 파하고 하나둘씩 내용을 복기하던 중에 니콜라이가 왜 이은에게 혼인을 제의했는지 알 것 같았다.

러시아는 왕정제를 하던 곳이었기 때문에 한인들의 황태자인 이은이 상당한 통치력이 있을 것으로 예상했다. 그래서 러시아 황가의 여인은 러시아를 벗어날 수 없다는 전통과 다르게 한인들의 황태자인 이은과 혼인을 통해 한인들의 병력을 지원, 혹은 빌릴 생각이었던 것이다.

'시대착오적인 생각이지만 시도는 좋았네.'

한인들의 인구수를 늘리기 위해 노력하고 있는 와중이라 대대적으로 한인들을 참전시킨 것도 만약 이유가 없거나 얻을 수 있는 이익이 부족했다면 절대 반대했을 것이다.

'약속된 날이 오기 전까지는 최대한 인구수를 늘리고 만반의 준비를 해야 돼.'

그러니 절대 러시아 내전에 참전할 수도 없고, 참전하지도 않을 것이다.

러시아의 정치, 경제가 큰 혼란 속에 있었다. 그래서 지속되는 전쟁을 수행하기가 힘든 상황이었다.

이러한 가운데, 블라디미르 레닌이 지도하는 볼셰비키는 즉시 휴전을 호소하였고, 국민으로부터의 지지를 확대해 갔다. 특히 독일, 오스트리아군과 대치하고 있던 전선 부대는 볼셰비키에 대한 지지를 표명하였다.

이런 상황에서 러시아의 영토였던 키예프에서 볼셰비키파와 임시정부파가 군사 충돌을 일으켰다. 그러자 키예프에서 가장 큰 세력을 형성하고 있던 우크라이나 중앙 라다 정부는 기회를 틈타 제2의 임시정부의 구축을 노리게 된다. 즉, 독자 노선을 걷기 위해서 최초에는 볼셰비키에 가담하였고, 혁명 이후 볼셰비키와 임시정부 간의 전투를 핑계 삼아 라다 정부는 볼셰비키의 폭력적인 혁명을 비판하였다.

이로 인해 볼셰비키와 라다 정부는 대립하게 되었다.

11월 20일, 라다 정부는 우크라이나 인민공화국의 성립을 선언하였다.

볼셰비키는 라다 정부의 정권 탈취를 시도했지만 실패했고 결국 무력 개입을 도모하게 된다. 하지만 12월 11일, 키예프에서 결행되었던 볼셰비키 공작원의 무장봉기는 실패로 끝나 버렸고, 전선에서 키예프로 향한 증원부대도 도중에 우크라이나군에 의해 무장해제되어 볼셰비키는 우크라이나 밖으로 추방된다.

볼셰비키는 12월 17일, 라다 정부에 최후통첩을 내밀었다. 하지만 우크라이나가 도저히 수용할 수 없는 조건을 늘어놓은 이 통첩은 우크라이나가 다른 행동을 취하게 만들었다.

1918년 2월 9일, 강화조약인 '브레스트-리토프스크 조약'을 맺어 독일, 오스트리아군이 라다군과 함께 반볼셰비키 전선을 치는 것으로 합의를 보게 된다. 이는 전쟁 중 최초로 이루어진 강화조약이었고, 한편으로는 우크라이나가 처음으로 자국 독립을 국제적으로 인정받은 것이었다.

우크라이나와 동맹국이 이러한 조약을 맺은 이유가 있었다. 러시아에 새로 세워진 정부 소비에트는 독일과 한창 휴전 협상을 하고 있었다. 12월 22일에 시작되었고, 1918년 1월 18일까지 지지부진하고 지루한 협상이 계속되었다.

독일에 실질적 소득이 없자 독일의 장군 막스 호프만은 우크라이나와 이전 러시아가 다스렸던 폴란드와 발트 해 지역에 독립국이 세워져야 된다고 강력하게 요구했다.

이러한 요구 사항을 들은 소비에트의 대표 레온 트로츠키는 휴회를 요청하고 페트로그라드로 돌아가 전쟁을 중단했다. 그리고 어떤 평화조약도 맺지 않는다는 정책을 펼치는 볼셰비키를 설득했다.

결국 독일과 소비에트는 다시 협상을 시작하지만, 소비에트가 시간을 끌려는 모습을 보이자 독일은 우크라이나와 조약을 맺게 된 것이다.

협상이 결렬되고 다시 독일군이 공격하자 이제까지 반대하던 볼셰비키는 발등에 불이 떨어졌다. 그래서 다급하게 협상을 재개했다.

3월 3일, 소비에트 러시아 정부는 조약을 받아들였고 조약에 따라서 공식적으로는 전쟁에서 빠지게 되었으며 핀란드, 에스토니아, 라트비아, 리투아니아, 폴란드, 우크라이나 및 터키와의 국경 부근에 위치한 도시인 아르다한, 카르, 바투미에 대한 모든 권리를 포기하였다.

터키와의 국경 지역을 제외한 그러한 지역의 대부분은 독일에 할양되었고 독일의 영향하에 들어간 지역에서는 차례차례로 독립국가가 탄생하게 되었다.

한편 독일은 최악의 상황이었다. 남자들은 전부 전선으로 나가 있었고, 군수공장의 인력이 부족하자 여자들이 그 자리를 대신했으며, 모든 경제활동을 여자들이 이끌어 나갔다.

그리고 식량 사정이 좋지 않아 배급을 실시했는데, 배급표를 가지고도 빵을 사기 위해서는 길게 늘어선 줄을 몇 시간이고 기다려야 했다. 그마저도 부족해 아사하는 사람이 나올 정도였다.

전선의 상황도 마찬가지로 좋지 않았는데, 빨리 끝날 것이라 예상하고 참전했던 사내들 중 많은 수가 죽거나 포로로 잡혔고, 남아서 전선을 지키고 있는 자들은 끝이 나지 않은 전쟁으로 피폐해져 있었다.

이러한 상황에서 미국이 참전함으로써 독일군의 수뇌부는 미국이 본격적으로 군인들을 보내오기 전에 전쟁을 끝내야 한다는 압박감이 생겼고 마지막 작전을 결의하였다.

"우리는 위대한 공격에 참여할 것이며, 이것이 마지막 결정적 공격이 될 것이다."

전쟁이 끝이 난다면 마지막으로 한번은 전투를 치를 수 있다는 분위기가 군인들에게 형성되었다.

1918년 3월 21일 오후 4시 40분, 독일군이 포문을 열었다. 6천6백 문의 대포와 3천5백 문의 박격포가 서부 전선 70킬로에 걸쳐 불을 뿜었고 이는 대성공을 거뒀다. 그리고 독일군은 서부 전선을 5킬로나 전진할 수 있었다. 이에 분위기가 좋아진 독일의 루덴도르프는 작전 나흘 만에 승리를 선언할 정도였다.

독일은 전쟁에 승리하였다는 환상에 취했다.

4월에 들어서고 독일군의 진격에 무리가 오기 시작했다. 보급선이 길어진 탓에 보급이 제대로 이루어지지 않아 60킬로를 전진해 파리가 눈앞에 있는 상황에서 더 이상 전진할 수가 없었다.

한편 협상국 측은 형편이 훨씬 좋았는데, 미국이 계속해서 인력과 물자를 보내면서 반격을 준비하고 있었다.

더 이상 진격할 수 없는 독일군은 공세를 멈추고 점령한 지역에 참호를 파 방어로 돌아섰다. 마지막이라 호언장담했던 위대한 공격은 또다시 끝을 알 수 없는 수렁에 빠졌다.

대찬은 읽고 있던 서류를 덮었다.

'이제 7월 대반격을 마지막으로 전쟁이 끝나겠네?'

끝이 보이기 시작하는 전쟁을 보며 고개를 저었다.

'진짜 무식한 전쟁이야.'

무기는 기계화되었지만 보병 전략은 발전이 늦어 전선에는 별다른 변함이 없었다. 이렇게 한 번씩 무식하게 포를 쏘면 그때서야 조금 전선이 바뀌기만 했다.

'그러면서 사람은 어마어마하게 죽어 나가고.'

잠시 눈을 감아 죽은 사람들에 대해 명복을 빌어 주었다.

'그나저나 일한 씨는 페니실린 개발을 잘하고 있나 모르겠네. 이제 슬슬 스페인 독감이 유행할 때가 된 것 같은데.'

유행양행을 만들고 대찬이 제일 먼저 개발을 지시한 것은 푸른곰팡이를 연구해 항생제를 만들어 내는 것이었다. 가장 큰 힌트를 줬으니 금방 개발해 낼 것이라 생각했는데, 개발되었다는 소식이 아직 오지 않았다.

'스페인 독감이 본격적으로 유행하기 전에 개발이 완료되었으면 좋겠는데.'

독감이 유행하기 전에 빨리 개발되었으면 하는 대찬의 바람과는 반대로 시카고 부근에서는 정체를 알 수 없는 독감이 유행하고 있었다.

이런저런 생각을 하고 있는 도중에 이바노프가 마지막으로 찾아왔다.

"러시아 영토로 돌아가기 전에 한번은 만나야 될 것 같아서 들렀습니다."

"그럼?"

"네, 어느 정도 왕당파 사람들과 연락이 되어 동부에서 결집하기 하였습니다."

"알겠습니다. 그럼 약속대로 무기와 식량은 지원해 드리지요."

"그런데 용병이……."

"무슨 문제가 있습니까?"

"구르카 용병은 기존 평과 명성이 높아 적극적으로 고용하기 위해 노력하고 있으나, 영국에 고용된 인원이 많아 인원 확보가 쉽지 않습니다."

"중국이 있지 않습니까?"

고개를 저었다.

"아무래도 중국은 안 되겠습니다."

"이유가 있습니까?"

"……."

이바노프는 질문에 답을 하지 않았다.

'자존심 때문인가?'

예상만 할 수 있을 뿐 말을 하지 않는다면 알 수 없었다.

"대안이 필요합니다."

대찬은 문득 전쟁이 끝난 다음 어마어마하게 쏟아져 나올 군인들이 생각이 났다.

'하지만 기다리라고 할 수도 없고.'

그러다 벽에 걸린 지도에 눈이 갔다.

"아!"

"좋은 생각이 있으십니까?"

"멕시코로 가 보세요."

적당히 혼란스러우면서 적당히 전투에도 익숙했고 미국을 견제하기 위해서 독일이 멕시코를 끌어들이려고도 했었다.

"조언 감사합니다."

이바노프 역시 타당하다는 생각이 들었는지 감사 인사를 건네고는 급히 자리를 떠났다.

위안스카이가 중화제국을 만들고 자신이 황제가 되었지만 이는 얼마 가지 못했다. 이어 중화민국으로 다시 탄생하였지만, 각지에서 반란이 일어나고 여러 세력들이 독립을 선언하며 극도로 혼란스러운 상황이었다.

여기에 발맞춰 티베트, 위구르, 몽골은 중국에서 독립하기 위해 각지에서 무장봉기가 시작되었다.

"우리는 중국인이 아니다. 고유의 특징을 가진 민족이다.

우리는 빼앗겼던 자주권을 위해 독립을 선언한다."

한날한시에 일어난 독립선언. 중국 정부가 어떻게 손을 써 볼 수도 없이 광활한 영토들이 뭉텅이로 잘려 나갔다.

이에 중국은 정상적이라면 반란으로 규정하고 진압하기 위해 군을 보냈겠지만, 현재 중국은 남북 분열 문제 때문에 골머리를 앓고 있었기에 쉽게 움직일 수 없었다. 돤치루이段祺瑞 정부가 군을 움직일 수 없었기 때문이었다.

쾅!

돤치루이는 가진 분노를 모두 담아 책상을 내리쳤다.

"망할 쑨원에 이어 반란군이라니!"

서남군벌 세력과 함께 광저우에 군사정부를 세운 뒤 쑨원을 대원수로 추대했는데, 1917년 9월, '광둥 군정부'의 대원수로 임명되어 임시약법 수호를 위해 투쟁할 것을 선언했다.

쉽사리 정리되지 않는 상황에 돤치루이는 골치가 아팠다.

대찬은 전쟁이 끝나고 밀려들 것이 뻔한 이민자들이 걱정됐다.

"어마어마하게 몰려올 건데."

많은 이들이 피폐하기 그지없는 유럽을 벗어나 미국으로 올 것이다. 그리고 미국은 아무 조건 없이 받아들일 것이다.

문제는 미국 정부의 정책으로 인해 그들을 서부로 밀어낼 것이라는 것이었다.

"완충지대가 필요해."

간신히 텃밭으로, 한인들의 문화권으로 만들고 있는 서부에 '쓰나미'가 몰려오는 것을 가만히 두고 볼 수는 없었다.

"그럼 아무래도 중부가 좋겠지?"

대찬은 와이오밍, 몬태나, 콜로라도, 노스다코타, 사우스다코타, 캔자스, 네브래스카를 주목했다. 인구수도 많지 않고 기후도 적당한 것이, 여기에 몰아넣는다면 서부의 한인 문화권을 대세로 유지할 수 있을 것 같았다.

"음, 해야 될 것이 태산이네."

각종 협상과 더불어 로비를 진행해야 했다.

전화기를 들었다.

—여보세요.

"안녕하세요. 작은아버지, 대찬이에요."

—오! 그래 무슨 일이냐?

"인수 아저씨랑 해 주셔야 될 일이 있어요."

—말해 보거라.

"전쟁이 끝이 나면 유럽에서 많은 수의 이민자들이 넘어올 것이라고 생각해요."

—그런데?

"미국이 펼치고 있는 정책으로 봤을 때, 이 이민자들을 서부로 밀어 넣을 거라는 생각이 들어서요."

　－저번에도 일단의 무리들이 오지 않았더냐?

"네, 그건 시작이에요."

　－……대충 생각해 봐도 우리에게는 좋지 않을 것 같구나.

"이제까지 해 왔던 노력이 한순간에 뒤집어질 수가 있어요. 그래서 우리 영역인 서부를 지키기 위해서, 작은아버지가 나서 주셨으면 해요."

　－어떻게 말이냐?

"이민자들이 중부에 집중되었으면 해요."

　－중부?

"네, 동부에서 밀어내는 이민자들을 중부에 많이 정착시키고 서부로는 적당한 숫자만 넘어오면 충분히 우리 문화권을 유지할 수 있을 것 같아요."

　－흠, 그럼 높은 선까지 올라가야겠구나.

"그러니 작은아버지에게 부탁드리는 거예요."

　－좋다. 한번 해 보마.

"감사합니다."

대찬은 자신이 가진 최고의 로비라인을 가동시켰다.

to be continued

200평 초대형 24시 만화방

수면실
(침대식)

사우나석

2인석

샤워실

세탁기

신간100%

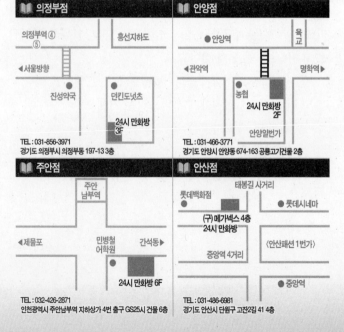

📖 의정부점

의정부역 ④
⑤

흥선지하도

◀서울방향

진성약국

던킨도넛츠

24시 만화방
3F

TEL : 031-856-3971
경기도 의정부시 의정부동 197-13 3층

📖 안양점

●안양역

육교

◀관악역

명학역▶

농협

24시 만화방
2F

안양일번가

TEL : 031-466-3771
경기도 안양시 안양동 674-163 공룡고기건물 2층

📖 주안점

주안
남부역

◀제물포

민병철
어학원

간석동▶

24시 만화방 6F

TEL : 032-426-2871
인천광역시 주안남부역 지하상가 4번 출구 GS25시 건물 6층

📖 안산점

태봉길 사거리

롯데백화점

●롯데시네마

(구)메가넥스 4층
24시 만화방

〈안산패션 1번가〉

중앙역 4거리

●중앙역

TEL : 031-486-6981
경기도 안산시 단원구 고잔2길 41 4층

수민 장편소설

리턴홀릭

Return holic

『타임홀릭』『시티홀릭』『다크홀릭』
마약처럼 빠져드는 수민의 네 번째 HOLIC 시리즈!
『리턴홀릭』

전직 조폭 겸 문화재 도굴꾼 박민기
단물 다 빨리고 죽임당한 뒤 눈떠 보니
IMF에 휩쓸리고 있는 1998년의 한국,
흑역사의 날로 리턴했다!

이번에야말로 평범하고 사람답게? 아니,
그냥 성질대로, 하고 싶은 대로 살아 보자!

베스트셀러도 쓰고 신창원도 잡고
분실한 이순신 장군 유물도 찾았다!
이제 떳떳하게 유물 발굴하며 도굴꾼들 잡으련다!

암행어사? 경찰? NO! 문화재사범단속반 공무원이다!
도굴꾼 잡는 전직 도굴꾼 나리 출두요!

오졸 게임 판타지 장편소설

기생자

당신의 몸을 노리는 붉은 눈을 경계하라!
『기생자』

세상에서 가장 완벽한 가상현실 게임 '로스트&라스트'
클로즈 베타 시절, 유일하게 평범한 캐릭터로
랭킹 7위를 달성했던 청
게임이 오픈하자마자 유니크 피스를 생성하지만
당첨된 캐릭터는 기생자였다!

숙주를 바꿔 가며 레벨업하던 그는
밀려오는 숙주의 기억에 의문을 느끼게 되고
숙주인 NPC가 거대한 이벤트의 주역이 되면서
거대한 사건의 소용돌이에 휘말리게 되는데……!

랭킹 1위를 위해 유저와 NPC를 모두 속여라!
기이한 유니크 피스 '기생자'
가상현실을 뛰어넘어 현실을 잠식한다!